共和国故事

毕昇再现

——汉字印刷革命与"北大方正"

王治国　编写

吉林出版集团股份有限公司

图书在版编目（CIP）数据

毕昇再现：汉字印刷革命与"北大方正"/王治国编. —

长春：吉林出版集团股份有限公司，2009.12

（共和国故事）

ISBN 978-7-5463-1827-1

Ⅰ．①毕… Ⅱ．①王… Ⅲ．①纪实文学－中国－当代 Ⅳ．①I25

中国版本图书馆 CIP 数据核字（2009）第 236701 号

毕昇再现——汉字印刷革命与"北大方正"

BISHENG ZAIXIAN　　　HANZI YINSHUA GEMING YU BEIDAFANGZHENG

编写　王治国

责任编辑　祖航　李娇　王贝尔

出版发行　吉林出版集团股份有限公司

印刷　三河市嵩川印刷有限公司

版次　2010 年 1 月第 1 版　　　　2022 年 1 月第 10 次印刷

开本　710mm×1000mm　1/16　　　印张　8　字数　69 千

书号　ISBN 978-7-5463-1827-1　　定价　29.80 元

社址　吉林省长春市福祉大路 5788 号

电话　0431－81629968

电子邮箱　tuzi8818@126.com

版权所有　翻印必究

如有印装质量问题，请寄本社退换

前　言

　　自 1949 年 10 月 1 日中华人民共和国成立至今,新中国已走过了 60 年的风雨历程。历史是一面镜子,我们可以从多视角、多侧面对其进行解读。然而有一点是可以肯定的,那就是,半个多世纪以来,在中国共产党的领导下,中国的政治、经济、军事、外交、文化、教育、科技、社会、民生等领域,都发生了深刻的变化,中国人民站起来了,中华民族已屹立于世界民族之林。

　　60 年是短暂的,但这 60 年带给中国的却是极不平凡的。60 年的神州大地经历了沧桑巨变。从开国大典到 60 年国庆盛典,从经济战线上的三大战役到经济总量居世界第三位,从对农业、手工业、资本主义工商业的三大改造到社会主义市场经济体制的基本确立,从宜将剩勇追穷寇到建立了强大的国防军,从废除一切不平等条约到独立自主的和平外交政策,从"双百"方针到体制改革后的文化事业欣欣向荣,从扫除文盲到实施科教兴国战略建设新型国家,从翻身解放到实现小康社会,凡此种种,中国人民在每个领域无不留下发展的足迹,写就不朽的诗篇。

　　60 年的时间在历史的长河中可谓沧海一粟。其间究竟发生了些什么,怎样发生的,过程怎样,结果如何,却非人人都清楚知道的。对此,亲身经历者或可鲜活如昨,但对后来者来说却可能只是一个概念，对某段历史的记忆影像或不存在，或是模糊的。基于此，为了让年轻人，特别是青少年永远铭记共和国这段不朽的历史，我们推出了这套《共和国故事》。

《共和国故事》虽为故事，但却与戏说无关，我们不过是想借助通俗、富于感染力的文字记录这段历史。在丛书的谋篇布局上，我们尽量选取各个时代具有代表性或深具普遍意义的若干事件加以叙述，使其能反映共和国发展的全景和脉络。为了使题目的设置不至于因大而空，我们着眼于每一重大历史事件的缘起、过程、结局、时间、地点、人物等，抓住点滴和些许小事，力求通透。

历史是复杂的，事态的发展因素也是多方面的。由于叙述者的视角、文化构成不同，对事件的认知或有不足，但这不会影响我们对整个历史事件的判断和思考，至于它能否清晰地表达出我们编辑这套书的本意，那只能交给读者去评判了。

这套丛书可谓是一部书写红色记忆的读物，它对于了解共和国的历史、中国共产党的英明领导和中国人民的伟大实践都是不可或缺的。同时，这套丛书又是一套普及性读物，既针对重点阅读人群，也适宜在全民中推广。相信它必将在我国开展的全民阅读活动中发挥大的作用，成为装备中小学图书馆、农家书屋、社区书屋、机关及企事业单位职工图书室、连队图书室等的重点选择对象。

编　者

2010 年 1 月

目 录

目　录

一、 挑战难题

● 王选接到陈堃铫的来信，由他所设计的编译
  系统被正式列入北大科研计划，王选兴奋得
  在上海再也待不住了，他告别父母，回到了
  离开 3 年的校园。

● 王选和许卓群去中科院登门请教，果然得到
  对方的热情点拨，这使王选很快就搞明白
  了，回到北大不久，他就研究出了磁鼓数组
  的设计。

● 经过一番分析，王选大胆提出跳过目前正在
  攻关的第二代、第三代照排机，直接研制当
  时尚无商品的第四代激光照排系统。

寻找创新的思想源泉

1961 年春天，北京大学无线电系教师王选接到系里交给他的一项教学任务：教授"计算机原理"课。

为了使教学生动充实，另外也想借此来了解国际上计算机科学技术发展的最新动向，王选开始了对大量文献，而且大部分是外国文献的阅读。

王选在大学里学的是俄文，但他仍坚持自学英语，后来接触到计算机后，王选看到欧美其他国家比苏联的技术要先进得多，所以更加强了英语学习。因此这时他阅读那些晦涩的科技文献并不费力。

王选还比较注意了解 20 世纪 50 年代国外有名的计算机的情况。它们的体系结构设计得非常巧妙，常常让他赞叹不已。

慢慢地，王选就问自己，为什么只能欣赏别人的成果，而不能有自己的创新思想呢？于是他开始研究做出这些创造性成果的科学家的背景，一下发现了一个规律，就是这些人大多具有两个以上领域的知识和实践，所以他们在面临挑战时往往会萌发新的构思。

王选首先在发明世界上第一台电子计算机的美国科学家毛奇利和埃克特身上发现了这个规律。

毛奇利是物理学博士，曾经致力于天气预报的研究，因为这一领域的题目计算量很大，他便想出许多方法提高计算速度，从而在数学和计算方法方面能力突出。

1941 年夏天，34 岁的毛奇利来到宾夕法尼亚大学任教，在这里遇到了才华横溢的年轻研究生埃克特。

埃克特在数学和电子工程两个领域都有深厚功底，两人兴趣相投，相见恨晚。

1942 年毛奇利提出了电子计算机的基本构思，由埃克特负责具体实现，终于在 1945 年秋使第一台计算机运行成功。

冯·诺依曼在介入计算机研究之前，是研究数学和数理逻辑学的，后来他发明了"存储程序"的概念。

1944 年的一天，在美国费城火车站，冯·诺依曼遇到了一名上尉军官，便与他随便攀谈起来。当时他们谁也没有意识到这次谈话从此改变了冯·诺依曼和电子计算机的命运。

从谈话中冯·诺依曼得知这位军人是美国军方派来参加毛奇利和埃克特的第一台计算机研制项目的，这引起了冯·诺依曼的极大兴趣。他的直觉告诉他，运用自己的数学和数理逻辑知识，很可能会为计算机带来革命性的变革。

怀着这种令他激动的想法，冯·诺依曼很快来到宾夕法尼亚大学，投身到研制世界上第一台计算机的工作中。

果然，过了不久，冯·诺依曼就提出了"存储程序"

的概念。

王选还发现，微程序的创始人维克斯也具有数学和无线电两个领域的深厚功底。

1946 年夏，当维克斯 33 岁的时候，发生了被他称为"一生中最重要的事件"：他接到一个电报，邀请他参加莫尔电机工程学院的计算机培训班，主讲人是埃克特和毛奇利，当时他们的名字还鲜为人知。

那天，维克斯去晚了，只听到后半部分的课程，但世界第一台计算机的成就和新的存储程序计算机概念给他留下了极深的印象。维克斯灵感突现，立即回到剑桥大学着手研制工作，发明了第一台微程序结构的计算机。

王选后来说：

最使我激动不已的是 1961 年初看到的关于 Atlas 计算机的一篇不到一页的简短报道。Atlas 是英国曼彻斯特大学 20 世纪 50 年代末研制的一台大型计算机，每秒运算高达几十万次，支持多道程序。主设计师叫汤姆·基尔本。他精通程序，又有很出色的无线电才能。由于英国当时比较穷，用不起超大容量的磁心存储器，基尔本只用了 $16K \times 48$ 位的磁心存储器，再加上第二级 90 多 K 字的磁鼓存储器，首创了虚拟存储器。同时，又以极大的魄力用晶体管分立元件来实现了这一创新的方案。

这样的例子还有很多，从中我总结出一点：20世纪50和60年代计算机硬件方面的很多高招都来自程序和应用（后来叫软件）的需要，硬件和软件的结合给计算机体系结构带来一系列的突破。可见，程序和应用对硬件设计是非常重要的，只掌握硬件设计，不懂得程序和应用，照样产生不出创新的想法。看来，这就是创造的源泉。

就在1961年，王选决定：从硬件转向软件，从事软、硬件相结合的研究，以探讨软件对未来计算机体系结构的影响。这是王选又一个产生前瞻意识的远见，因为当时整个中国也鲜有人这样做。

直到后来，他一直把这称作一生中最重要的一个决定。因为，从那以后，王选找到了产生创新思想的源泉。

接触照排科研项目

1961 年夏天，正当王选在工作时，由于长期的饥饿和劳累，他病倒了。

经过一年的治疗，他的病情不但没有好转，还一天天加重了。迫于无奈，王选于 1962 年夏天向学校请了长期病假，回到了上海的家中。

在上海养病期间，王选仍然不断吸取新知识，还不时地向复旦大学的许自省和施伯乐两位老师请教问题。

两位专家非常热心地对他进行指导，这让王选学会了调试手编程序的相关知识。

此时，王选开始自己设计编译系统，他还将进展情况写信告诉了陈堃铫。

1965 年夏天，王选接到陈堃铫的来信，由他所设计的编译系统被正式列入了北大科研计划的项目。王选兴奋得在上海再也待不住了，他立即告别父母，回到了离开 3 年的校园，迅速投入了紧张的工作。

编译系统研制小组正式成立了，成员除了王选、许卓群、陈堃铫、朱万森以外，还包括 3 名协作单位的技术人员。这个小组在当时很不起眼，许多人都没有把它当回事。

软件设计是一项十分艰苦的工作，王选的体力还很虚弱，实在累得不行了，他就靠在床上工作。好在有陈堃铼，她好像对王选的设计心领神会，总能编写出精确漂亮的程序去实现。同时，她也被王选的设计所折服，常暗暗惊叹，这个瘦弱不堪的人怎么会有这么多奇思妙想。

在整个设计过程中，王选并不赞成硬件直接执行高级语言的方案，而是主张寻找编译和目的程序运行中的瓶颈问题，这些问题，对于一个只懂软件不懂硬件的人，可能会束手无策，而王选已经有了硬件实践的经验，他将硬件和软件结合着来想，就试着从硬件上想办法，果然很容易就想出了克服这些瓶颈的方法，他感到自己真的找到了创造的源泉。

但是，有一些问题王选也会百思不得其解，例如怎样在语言中有效地利用当时 DJS21 机上的磁鼓外存储器就把他困扰了很久。

这时，在国内先于北大从事高级语言编译系统研究的单位还有中国科学院和南京大学，其中，中科院计算所集中了以董蕴美教授为首的一批很有才华的研究人员。他们的研究在国内居于领先地位，与国外的差距也不大，在国内外都很有影响力。

于是，王选和许卓群去中科院登门请教，果然得到对方的热情点拨，这使王选很快就搞明白了。回到北大不久，他就研究出了磁鼓数组的设计。

通过与中科院计算所的接触，王选一方面为同行间能如此无私相助而感动，另一方面也切实感受到北大的差距。

王选所设计的编译系统，终于在 1967 年研制成功，这一成功给了他更大的自信。

20 世纪 70 年代，在美国等西方国家，计算机技术的发展突飞猛进，开始从国家尖端科技向商业化方向延伸，IBM 公司的大型机和 DEC 公司的小型机已经各领风骚。

1971 年，英特尔研制出世界上第一块 4 位字长微处理器 4004，并在 1974 年再度推出处理速度比 4004 快 20 倍的 8080，同一年，MITS 公司以 8080 设计出全球第一台微型电子计算机"牛郎星"。

然而在中国，计算机仍高不可攀，要跟上世界信息化发展的步伐，使计算机从高处走下来，除了突破各种客观条件的限制，还必须解决一个巨大的技术难关，那就是汉字进入和输出计算机的问题，也就是汉字的信息处理问题。

于是，1974 年 8 月，四机部、一机部、中国科学院、新华社和国家出版事业管理局五家单位，联合向国务院和国家计委提出报告，要求将研制汉字信息处理系统工程作为国家重点科研项目。

周恩来总理亲自听取了汇报，很快由国家计委批准立项，定名为"748"工程，列入国家科学技术发展计划。

该工程分为：键盘输入、中央处理及编辑、校正装置、精密型文字发生器和输出照排装置、通用型快速输出印字装置远距离传输设备、编辑及资料管理等软件系统、印刷制版成形等，共7个部分。

陈堃銶把这个消息告诉了王选，王选分析了一下"748"工程的三个子项目：汉字通信系统、汉字情报检索和汉字精密照排。他说：

> 对于通信系统而言，汉字与西文没有多大差别，不会有什么特色；情报检索系统虽然价值大，从长远看有很大的发展前景，但当时中国的硬件条件、联网和使用情况还不足以使这类系统在较短时期内形成一个大的气候。
>
> 尤其重要的是，情报检索系统的关键之一在于建大容量的信息库，只有出版业采用计算机系统后，才能方便地获得建库需要的信息，特别是文献的全文信息。
>
> 汉字精密照排是指运用计算机和相关的光学、机械技术，对中文信息进行输入、编辑、排版、输出及印刷，也就是用现代科技对我国传统的印刷行业进行彻底改造。虽然难度巨大，但它的价值和前景同样不可估量，因为在当时中国最多的厂，恐怕就是印刷厂了。

王选被自己的分析震住了，通过一个科研项目发明一项技术，再用它来改造一个行业，这真是一个激动人心的创举！

印刷术是中国举世闻名的四大发明之一，隋唐之际产生了雕版印刷，11世纪40年代，北宋的毕昇发明了活字印刷术，先是烧泥刻字，后人又搞了木字、铜字、铅字，但是受社会发展和冶金、机械等工业水平的制约，始终没能取代雕版印刷占据主导地位。

1445年至1455年，德国的谷登堡使铅活字与印刷机相结合，发明了铅活字机械印刷术，大量推广并形成产业，引起了信息传播的飞跃。

19世纪中期，西方的铅活字印刷技术进入中国，逐步成为中国印刷业的主宰。进入20世纪，随着电子计算机和光学技术的迅速发展，西方率先结束了活字印刷，采用了"电子照排技术"。

而在20世纪70年代的中国，仍然是"以火熔铅，以铅铸字，以铅字排版，以版印刷"，这不但严重污染了环境，而且出版印刷的能力也极低。一般图书从发稿到出书，要在出版社压上一年左右，有的要拖二至三年，许多新书发行时就已经成了旧书。因此，当时报刊、杂志的数量品种也十分缺乏，难以满足人们的精神生活需求，人们的精神生活严重缺乏。

如果汉字精密照排项目研制成功，无疑将引起中国报业、出版印刷业甚至媒体传播领域一场轰轰烈烈的革命，这怎么能不让王选激动？

值得注意的是，王选在选择这一科研项目时是完全自发的，因而也是自主的，是一个每月只领 40 多元劳保工资、长期在家养病的老病号不愿放任自己，找些事做而已。

可贵的是，王选从一开始选择汉字精密照排项目，就看到了它的巨大实用价值，并且抱定了实现这一价值的目的和信心，因此，他的创造激情被激发了。

就这样，王选决定着手研制汉字精密照排系统。

挑战最新科技领域

王选当时想，既然要在别人的基础上推进一步，就要把国内和国际上在照排系统方面的研究现状和发展动向了解清楚。

于是，王选开始克服巨大的经费困难，开始查找资料，寻找依据和技术的突破口。因为北大图书馆的资料不够全，于是，他就挤公共汽车到位于和平街的中国科技情报所查外文资料，那里的资料较全、较新。

由于没有经费来源，车费不能报销，他只好尽量节约。为了节省 5 分钱，他提前一站下车徒步去中国科技情报所查阅资料。而且复印也需要算计，字数不多的就手抄，以便节省复印费。因为 42 元的月薪既要养家又要维持起码的研究费用。但王选不能停步，因为国外在发展相关技术，国内也有五家实力雄厚的机构在研制。

1975 年的春天，一连几个月，王选走在从和平西街到和平街的路上，他没有在意路边的玉兰花开了一树，像站了满树的白鸽，脑海里都是照排机的影子。

西方人早在 30 年前，就开始了用照排机取代铅字的研究。第一代是手动照排机。1946 年美国 Intenype 公司研制成功，称为 FotoseRer。它实际上是一种西文的照相排字机，字模制作在一块透明的模板上，通过键盘的控制，把选中的字符对准一个窗口，用很强的灯光照射，使这个字符在底片上感光，然后底片移动一下，再照下一个字符。

1951 年美国研制出的第二代是光学机械式照排机，叫作 Photon200。它把西文字模制作在有机玻璃圆盘或圆筒上，在照排过程中圆盘作高速的匀速转动，当选到需要照相的字符时，自动启动闪光灯，使字符在底片上成像。

20 世纪 50 年代末，第二代照排机与计算机相连，构成了计算机排字系统，从而使文字照排进入了一个新阶段。

第二代照排机是欧美 20 世纪 60 年代电脑排版的主力，日本在 20 世纪 70 年代初期仍很流行。

1965 年由德国的一家公司研制成的第三代照排机，在 1968 年开始成为商品。它把所有的字模以数字化形式存储在计算机内，输出装置是一个超高分辨率的阴极射线管，依靠它发光在底片上成像。

1975 年的时候，三代机在欧美广泛使用，已经十分流行了。

第四代是激光照排机。字模以点阵形式存储在计算机中。输出时用激光束在底片上直接扫描打点成字。英国蒙纳公司到 1976 年才研制成功，1975 年还处于研制阶段，能查到的资料非常少，而且都反映困难重重。

有一则报道提到美国一家公司研制出了样机，但很快就放弃了推出商品的计划；另一则报道说，激光逐行扫描使控制器的设计难度大大增加，研制出的系统很难达到廉价推广。

不过，与第三代照排机相比，激光照排分辨率高、精度高、幅面可以很大、速度潜力也很大，还可以过渡到激光直接制版，前景十分诱人。

至于汉字照排系统的研制，当时只有日本搞出了三代机，但是还没有从根本上解决汉字信息的存储问题，只能提供宋体和黑体两种字体，仅能勉强应付日文中的少量汉字，质量也达不到印刷要求，无法投入实际应用。

当时国内共有五家攻关班子从事汉字照排系统的研究。最早要属清华大学，他们和中科院长春光机所合作，从20世纪60年代末就开始研制二代照排机，使用了清华大学研制的112计算机，1973年在北京新华印刷厂首次实现了汉字进入电脑。

当时是用一键九字的大键盘输入的，1975年秋王选还专门去看过一次。在试生产车间，熟练的大键盘操作员紧张地录入汉字，车间的黑板上还记录了每天的录入字数。但这套系统机械故障频繁，无法投入实际生产。

最大的研究单位要属上海的一个班子，由一批著名的研究单位组成，是五家中实力最雄厚的。

王选发现，在照排机方面，这五套班子有两家选择了光学机械式的二代机，另外三家采用了阴极射线管输出的三代机。

王选发现在存储汉字方面，二代机本身就是模拟方式；三代机方面，国外大多数采用的是数字存储，就是把每个字形变成一连串二进位信息，存储在计算机内。

可是，国内的这三家却分别采用了飞点扫描、全息存储和字模管的模拟存储方式。

通过进一步仔细地分析和比较，王选作出了一个大胆的判断。

他认为二代机用机械方式选字，对机械精密程度要求极高，需要非常精细的机械制造工艺，依照中国此时的机械工业水平，很难达到要求，研制和生产都很困难。同时，也不能适应复杂版面的要求，尤其不可能实现文图合一的输出，因此，二代机是没有发展前途的。

三代机所用的阴极射线管比黑白电视机分辨率高 20 倍，生产难度极大，对底片灵敏度要求也很高，国产底片很难过关。更重要的是，汉字字形的信息量庞大，模拟存储的方法不可能解决存储和输出等技术难关。

这时，王选想起了德国 Hell 公司研制的 Digiset 系统，它首创的数字式存储和数字式输出，被称为"真正的突破"。有一份杂志登载了 Digiset 输出的线条图，质量很好。看来，数字式存储将占统治地位。

经过一番分析，王选大胆提出跳过目前正在攻关的第二代、第三代照排机，直接研制当时尚无商品的第四代激光照排系统。

同时，他还得出了第一个重要的结论：

要研制汉字照排系统，首先必须解决汉字信息的存储问题，模拟存储的道路是走不通的，一定要采用数字存储的技术途径。

二、 攻克难关

●陈堃銶已被学校指派参加调研，恢复了正常工作，她便自告奋勇，向数学系做了汇报，没想到引起很大反响。系领导决定尽快将报告呈送北大领导。

●全国各地的多家单位带着自己的研究方案和成果相聚北京，跃跃欲试，都想从中脱颖而出。

●王选毅然决定跳过第二代、第三代排版系统，直接跨入国外还没有商品化的第四代系统，用激光扫描的方法来还原输出。

攻克最大技术难关

激光照排系统中的汉字信息处理有两个重大的根本性难题，一是汉字的储存，一是汉字字形信息的还原输出。而第一个难题显得尤为突出。

汉字的基本笔画不如字母文字多，"点、横、撇、捺、竖、弯、钩、折、提"而已，但汉字的构成却比字母文字复杂得多。字母文字的单词由字母简单排列而成，而每一个单个汉字的构成，都是笔画之间互相交错重叠，你中有我，我中有你，不可拆分。因此，汉字的一个单字实际上相当于字母文字的一个字母了。

西文只有 26 个字母，所以存储量问题并不尖锐，而汉字字数繁多，《康熙字典》收入的汉字达 47 000 多个，常用字就有五六千个，印刷用的汉字更存在多种字体，有宋体、黑体、仿宋、楷体等 10 余种，而且还有 10 多种大小不同的字号。

汉字字形信息量太大，是中文信息处理系统最大的难题。要把汉字信息存储进计算机，就要把汉字变成点阵来表示。

一个 5 号字的正文字，至少需要 100 × 100 点阵，大号字体甚至需要 1000 × 1000 以上点阵。

汉字的常用字在 3000 字以上，印刷用的汉字多达 2

万多，加上每个字都有50多种不同风格的字体和50多种大小不一的字号，如果都用点阵来表示，信息量高达上千亿字节。

Digiset采用的是黑白段的描述方案，压缩率很低，对付26个英文字母还可以，对付海量的汉字点阵信息就行不通了。

汉字字形信息量大的问题，一下子成为摆在王选面前的主要难关。

日本京都大学倒是发明了一种字根组合方案，压缩率高，但质量不好。

从1946年西方发明第一代照排机开始，到1975年已经过去了30年，美国报界在1970年前后已全部采用电子排版，但中国仍然在拣铅字。

铅字印刷的痛苦深深地印在每个排版工人的心中！他们迫切地希望有一种比较先进的技术能替代这种原始的劳作。

但是，汉字照排系统的问题却一直没有得到圆满解决。

20世纪70年代，王选有条件使用的国产计算机的磁心存储器，最大容量只有64KB；没有磁盘，只有一个512KB的磁鼓和一条磁带，相当于美国20世纪50年代末的水平。

在这样简陋的条件下，王选不得不另辟蹊径，开始设法压缩汉字信息。

在接下来的日子，王选满脑子的汉字横竖弯钩，连做梦也尽是笔画。他的数学背景显示出意想不到的功效，王选很快想到了用轮廓加参数的数学方法描述汉字字形，这样做可以大大地压缩汉字信息。

这时，他发现，汉字虽然繁多，但是有规律可循，每个汉字都可以细分成横、竖、折等规则笔画，和撇、捺、点等不规则笔画。

对于规则笔画，可以用一系列参数精确表示；对于不规则笔画，可以用轮廓表示。他统计了一下，汉字中规则笔画的比例占了近一半，所以压缩的空间很大。

王选不停地统计和计算着，遇到问题就与陈堃銶讨论，两个人完全沉浸在汉字的一笔一画里。

1975年5月，"全电子照排系统"的初步设计方案终于完成。王选决定尽快向系里介绍这份方案，争取学校的支持。

但连续数月的劳累，使他虚弱得做不了报告。另外，他也有一点担心，担心自己"人微言轻"。

此时，陈堃銶已被学校指派参加调研，恢复了正常工作，她便自告奋勇，向数学系做了汇报，没想到引起很大反响。系领导决定尽快将报告呈送北大领导。

王选的手稿被拿到北大印刷厂打印。一些印刷工人得知他们正在研究用"电脑代替铅字"，非常兴奋，有的说："这事真要成了，咱就不用天天跟黑糊糊的铅字打交道了。"

有的说："每天手托着沉甸甸的铅字盘，来回拣字排版，相当于走几十里路，排好了再印刷，又脏又累，有了电脑，轻轻松松坐在那里一敲键盘就齐了。"

大家的话，给了王选很大的鼓舞，他没想到自己一个微不足道的"病号"只是提出了一个初步方案，就得到了工人们如此强烈的反应，说明他的研究与印刷工人们是休戚相关的，这更坚定了王选的信心。

很快，北大有关部门拿到了打印好的报告。魏银秋感到事情重大，决定立即召集有关单位开会研究。

1975 年 5 月的一个晚上，北大数学系、无线电系、图书馆和印刷厂的联合会议在魏银秋主持下举行。陈堃銶参加了会议。

会上作出了两项重要决定：一是把汉字精密照排系统列为北大自选项目，确定了"数字存储、信息压缩和小键盘输入"的总体方案，争取列入国家"748"工程的计划；二是从各单位抽调人员成立会战组，协作攻关。

开完会，夜已深了，陈堃銶一回到家里，就立即向王选细述了会议的情况，两人心中的感受难以言表。从1966 年开始，近 10 年来，王选一直是个边缘人物，很多时候都有一种永世不得翻身的绝望。

直到此时，他才重新感觉到了学校、科研对他的需要，甚至感到了祖国和人民的重托。

5 月的北大正是槐花盛开的季节，空气中暗香浮动，王选有些热血澎湃，他兴奋地对妻子说："咱们又要大干一场了!"生活对于这对患难中走过来的夫妻,又掀开了崭新的一页。

万事开头难,会战组的组建是很不顺利的。数学系比较积极,派了陈堃銶、丁霭丽参加软件研制;中文系派出李一华、陈竹梅、石新春参加字模和输入方案的工作;其他系却不积极。

会战组从 1975 年 5 月筹建,直到 1977 年 4 月,仍然缺乏计算机方面的教师。

王选的编制在无线电系,但他是"吃劳保"的病号,没人约束他,这也恰恰给了他进行独立思考的自由空间,可以集中全部精力来完善总体方案。

实际上,在这些人中,真正懂硬件又懂软件的只有王选,懂软件的也只有陈堃銶。在接下来的几个月里,王选一心一意地投入了工作中。

7 月的北京,屋里闷热难耐,王选就搬一张破旧的木椅坐在柿子树的阴凉下写写画画,进一步实现和完善总体方案。陈堃銶则把压缩信息拿到计算机上进行各种模拟实验。

数学和汉字,这两种代表不同意义的学科和符号,被王选和谐、紧密地结合起来,一系列世界首创的神奇发明诞生了:用轮廓加参数的描述方法,使汉字字形信息以 1 比 500 的比率高倍压缩;设计出一套递推算法,使被压缩的汉字信息高速复原成字形,而且适合通过硬件实现,为进一步设计关键的激光照排控制器铺平了道路。

更独特的是，王选想出用参数信息控制字形变大或者变小时敏感部分的质量的高招，从而实现了字形变倍和变形时的高度保真。

印刷用的汉字根据需要有大小不同的字号，1975 年，中国报纸的正文字是五号，书刊的正文字一般也是五号。因此王选把五号字看作主体字号，使其字心正好是 96 × 96 个点，成为常规计算机字长的整倍数。所以，他把系统的输出分辨率定为 742 线每英寸（DPI），刚好满足书报对文字分辨率的要求。

王选后来说：

> 这个分辨率一确定，就出现了一个问题：汉字笔画多，尤其是横道很多，在字形变倍特别是变小时，笔画会出现粗细不匀。比如"量"字中有九道横，同样宽度的两道横当字形变小后会变得宽度不一样。在 1500DPI 的高分辨率照排机上，这一细小差别对文字质量影响不大，而在我们选择的 742DPI 时，应该一样粗的横道变倍后却粗细不一，明显影响了文字质量。竖也有类似问题，但竖一般比横粗，数量相对少一点。怎么才能保证一个字在变大尤其是变小时的质量呢？我想出用参数这一附加信息来描述横宽、竖宽，并保证本来一样宽的横或竖变倍后仍维持相同的宽度，使 742DPI 下的小字仍

旧美观匀称。

王选的这一发明在 1975 年是世界首创。

与汉字相比，西文字母笔画少，结构简单，而且西方工业技术先进，选择的都是 1000DPI 以上的高分辨率输出，文字变倍后基本不存在质量变化，所以也就不必用附加信息控制敏感部分变倍后的质量。

直到 1985 年，300DPI 的激光打印机开始大量流行，在 300DPI 分辨率下，西文也出现了变倍后的文字保真问题，才有人想到用"提示信息"描述字形的宽度、间距以及需要保证对称的敏感部分，轮廓加参数的描述方法才在西方大大流行起来。

1975 年 9 月，王选的高倍率字形信息压缩技术、字形的高速还原技术进一步成熟，并通过软件在计算机中模拟出"人"字的第一撇。

这是汉字信息处理技术的重大突破，38 岁的王选有过人的胆识和信心，他用数学和智慧轻轻一叩，汉字进入计算机的大门被轰然打开了。

然而，此时许多人认为，这只不过是个名不见经传的小助教，拖着长期病弱的身体凭空想象出来的数学游戏。

积极争取领导的支持

在攻克技术上的最大难关之后，王选又面临着另一个难关。11 月初的北纬旅馆论证会，给了王选第一个沉重打击。

自从着手精密照排系统的研究以来，王选越来越清楚地感到，要想使自己的研究成果投入生产和实际使用，仅靠北大单打独斗是很难实现的，必须取得国家有关部委以及协作单位的支持，最好加入到"748"工程中来，把其中"汉字精密照排系统"这个子项目争取过来。这也是北大成立会战组时定下的目标。

1975 年，汉字精密照排系统子项目以及 100 多万元经费已经下达给了北京市出版办公室，并指定北京新华印刷厂为第一用户。

为了论证我国精密照排的技术方案，北京市出版办公室在宣武区的北纬旅馆召开了方案介绍和论证会。全国各地的多家单位带着自己的研究方案和成果相聚北京，跃跃欲试，都想从中脱颖而出。其中研制二代机的几家更是信心十足，志在必得。

对于北大和王选，这是一次极好的展示机会，王选、陈堃銶征得学校同意，参加了会议。

公共汽车上，陈堃銶小心翼翼地护着包，里面是夫妻俩辛苦多日的成果：一个用字形信息压缩方案、通过软件还原、宽行打印机打印的"义"字，是3张打印纸拼接起来的，展开大约有五六十厘米见方。之所以选"义"字，是因为这个字的压缩信息简单，并且包括了撇、捺、点3个不同笔画。

王选虽然参加会议，但身体太虚，说话无力，仍让陈堃銶代作报告。虽然讲过几次，但这次不同，关系到能否争取到国家项目和经费，因此陈堃銶感到压力很大。

新华社的钱乔其在会上介绍了云南大学的字模管三代机和小键盘编码输入方案，科学院自动化所的毛绪瑾介绍了他们正在研制的飞点扫描西文三代机方案，新华印刷厂的贝贵琴介绍了与清华大学合作研制的字模平板移动、静止曝光的二代机，樊景泉则介绍了上海有关单位的研制情况。

王选的字形信息压缩方案和"义"字引起了与会者的很大兴趣，新华社孙宝传在会上明确表示北大的方案很有发展前途，应该支持北大继续研究。

孙宝传是新华社技术局的技术专家，1974年被派到新华印刷厂参加"748"工程的筹备工作。

此时，孙宝传也在调查并研究汉字信息压缩技术，听了王选的方案，他立即有一种不谋而合、找到知音的感觉。

会后，孙宝传把自己的想法和王选进行了交流，鼓励王选一定要继续搞下去。

但是，王选的方案，在许多人看来是太超前了，近乎在玩"数字游戏"，因此，最终没有被会议采纳。

大多数与会者对字模数字压缩信息在存储器里能否容纳得下、字模压缩信息复原的速度能否跟得上汉字输出设备的速度、复原后的字模质量能否满足印刷的要求等一系列问题抱有一定的疑虑。

经过几天论证，会议最终还是选择了所谓"现实可行"的二代机作为"748"工程的正式方案上报。

王选的心情一下子变得很沉重了，因为他很清楚地知道，二代机是没有发展前途的，选择二代机不只是一个技术决策的错误，还将给国家带来人力物力的巨大浪费，更重要的是将延误我国在照排领域内赶超世界先进水平。

但是他又意识到，依靠他个人的力量，是没有能力改变这个决定的。

王选还是决定不受影响，准备继续干下去。此时他想到了一句话，就是美国的巨型机之父克雷所说的："当我提出一个新的构思时，人们常常说做不成，对这种怀疑的最好回答是自己动手做。"这句话给了王选很大的启示，并且始终鼓舞着他。

不过，幸运的是，此时除了孙宝传，还有两个人对北大的方案深感兴趣。

一位是新华社技术局的王豹臣，作为"748"工程的五个发起单位之一，新华社被定为第一用户。但通过一

个阶段的试验，王豹臣他们觉得二代机问题太大，不仅速度慢，灵活性差，而且经常出现机械故障，很难满足报纸的要求。相比之下，王选的设计思路超前，可行性也很值得研究。

北纬旅馆会议结束后不久，王豹臣便率人于11月26日、12月19日两次来北大了解情况，观看软件还原字形的演示，对北大方案进行了解。

另一个人是四机部"748"工程办公室的干部张淞芝。

其实，早在会前一个月左右，张淞芝就来北大听取过有关字形信息压缩技术的简单汇报。

11月27日，就在王豹臣来了解王选技术的第二天，张淞芝又一次来北大，经过一番更为详细的调研，他开始倾向于北大方案。

王豹臣和张淞芝一协商，决定联合对北大进行一次"会诊"。

1976年2月11日，春节刚过，新华社、四机部和十五所的一行多人在北大召开会议，正式听取了方案介绍。王选看得出，与会专家问得很仔细，对自己的方案表示出赞许的态度，事实上这次介绍的确对日后项目的下达起了很好的作用。

2月25日，王选等人第一次来到新华社，王豹臣很明确地对王选说，新华社赞成采用北大的方案，并且会向上积极争取。

这时虽然还是隆冬，王选却感到浑身暖融融的，他深知有了新华社的支持，事情就有希望了。

会后，张淞芝和王豹臣立即向主管"748"工程的工程办公室主任、四机部计算机工业管理局局长郭平欣做了汇报。

郭平欣是支持北大方案的关键人物，作为电子和计算机方面的专家，他从一开始就参与了"748"工程立项的全过程。

1973 年，在对国外汉字信息处理技术情况的调研过程中，郭平欣也了解到日本正在采用信息压缩技术解决汉字存储问题，但他们只看重计算机技术的应用研究，而忽略了汉字本身在字形、字号、出现频率等方面的特点，因此没有成功。

通过调研，郭平欣认识到，汉字字形的模拟存储问题很大，数字存储才符合技术发展潮流。现在，北大冒出了一个王选，出奇制胜地解决了这个问题，郭平欣一贯主张工程项目不能采取政府分配任务的办法，而应该集思广益、公平竞争、择优支持。

王选的研究成果属于汉字信息处理的核心技术，如果真有突破，意义太重大了。这一次，郭平欣决定不顾得罪某些单位的可能，给北大的王选一个机会。要知道，这个机会的背后是一大笔科研经费，现在要让给与四机部毫无"亲缘"关系的北大，肯定会被指责为"肥水外流"。

1976 年 5 月 4 日，北大接到张淞芝的信，说郭局长指定了 11 个字，要北大做从信息压缩还原成点阵的模拟实验，一个半月后来看演示。这 11 个字是"山、五、瓜、冰、边、效、凌、纵、缩、露、湘"。大家一看，都觉得题目出得有水平，因为这些字从简到繁，包括了汉字的主要笔画和结构，知道郭平欣想实际检测一下不同风格和框架的汉字的压缩率以及复原后的文字质量。

当天晚上，会战组组长张龙翔召集全组开动员会，决定突击一个半月完成模拟实验。因为以前的软件模拟都是陈堃铢负责，所以这次仍由她主持。

他们先请北大印刷厂的刁一斌在 96 厘米×96 厘米的坐标纸上用宋体写出这 11 个字，然后王选和中文系的人员作出压缩信息，再由陈堃铢他们来编制模拟程序。

此时使用的是北大计算中心的 6912 中型机，白天有教学任务，只能利用深夜和清晨四五点钟上机调程序，纸带、宽行打印机和内存又经常出错，所以非常紧张和辛苦，陈堃铢的血压也一度降到 70/55。但大家为即将下达国家任务的消息所振奋，不懈努力，提前一周完成了任务。

6 月 11 日，郭平欣、张淞芝、新华社王豹臣、国家出版局副局长沈良等人来到北大计算中心参观表演。演示异常地顺利，宽行打印机打出的 11 个字规范漂亮，笔锋光滑，几乎看不出有失真的地方。

郭平欣看后满意地笑了，结果比他预想的还要好，他下了决心，就把精密照排项目的主持和总体设计任务给北大。

然而，郭平欣的意见在北京市一些单位却遇到了重重阻力。在此之前，精密照排项目的研制任务已经下达给了北京市出版局和新华印刷厂，现在要改成由北大总抓，自然大受抵触。

郭平欣他们观看北大的实验后不久，意想不到的事情发生了：一份北京市的红头文件正式下达给北大，明确规定"748"工程采用二代机方案，要求北京大学承担二代机的排版软件研制任务。这份文件印刷精美，还盖了三个大印，显得威风凛凛。

此时正值"四人帮"反对"条条专政"的风口上，四机部无法给北大直接下达任务，必须通过北京市。这份红头文件等于封住了四机部的口。

一晃3个月过去了，进入9月，事情有了转机。

此时，在北京市科技局主持的一次二代机方案报告会上，不少人表示了对北大方案的怀疑和不满。

报告会是在北京新华印刷厂举行的，由北京市科教组和科技局主持，北大的会战组组长张龙翔参加旁听，却听到了颇多指责，说"北大想搞先进的系统，看来要先进到修正主义那里去了"。

会后，张龙翔请持反对意见的人到北大参观。王选他们的精湛演示，使这些人的态度彻底发生了变化。

9月8日，鲁延武一行来北大听取了方案介绍后，大

攻克难关

为称赞，态度完全变了，特别起劲和热情，表示回去后向北京市领导汇报，争取说服新华印刷厂，尽可能统一到北大方案上。

王选他们都赞叹鲁延武的实事求是的科学作风。可惜的是，由于种种原因，二代机方案未能放弃。

几个月来，郭平欣一直在想办法把任务落实给北大。就在鲁延武他们参观北大的当天，征得四机部刘寅副部长的同意，郭平欣让张淞芝在普通信纸上手写了一封信，亲自签发，给北京大学正式下达了这一研制任务。

王选和同事们感到欢欣鼓舞的同时，深深地被打动了。

王选大脑里不停闪现的创新火花，终于得到"748"工程领导小组的认可。北大的激光照排研究从"游击队"变成了正规军。

从1975年到1982年，北京存在两个"748"，一个是郭平欣领导的北大"748"，一个是北京市"748"。

郭平欣后来回忆说，当时"748"工程全国都很关注，他为这个项目"跑"了1亿元的资金，承诺10年完成研发。他说："很多人和单位都来参加竞选，但属王选的方案最好。"

王选取得初步成果

1976 年，就在郭平欣为把汉字精密照排系统的研制任务下达给北大而奔走努力的时候，王选却全然不顾这些，他始终在琢磨第二道难关，就是汉字压缩信息的高速还原和输出方案。

在考虑汉字信息的高速还原和输出问题时，王选再次有了"跨越式思维"：

搞应用必须着眼于系统成熟时的国际技术情况，否则等产品研制出来，就已经落后了，只能永远跟在别人后面亦步亦趋。

于是，他毅然决定跳过第二代、第三代排版系统，直接跨入国外还没有商品化的第四代系统，用激光扫描的方法来还原输出。

1975 年的时候，王选曾经打算采用阴极射线管三代机的输出方案，但国产高分辨率的阴极射线管不过关，屏幕尺寸也很小，满足不了报纸版面要求，所需要的高灵敏度底片也没有人研制。

另外，他从文献上看到，为保证高质量输出，需要研制一整套复杂的校正电路，这些都是德国 Hell 公司首创的技术，后来传到了美国，而王选对这些毫无经验。输出设备一直是困扰他的严重技术困难。

1976年4月的一天，王选听说邮电部杭州通信设备厂研制成一种用于报纸的传真机，已在《人民日报》投入了使用。这种高精度的传真机能够每天把《人民日报》清样传真到外省市，然后再制版印刷，其印刷质量能够符合报纸的基本要求。

很快，王选在北京的一个展览会上见到了这一设备，立即被吸引住了。他觉得这种报纸传真机实在太好了，幅面宽、分辨率高、对齐精度好；更重要的是，它是成熟的、已经每天在使用的设备。

王选一下想到了国外正在研制的激光照排，一个念头冒了出来：如果把报纸传真机的录影灯光源改成激光光源，不就变成激光照排机了？

但他在光学方面并不内行。于是，他就跑到物理系去请教。北大物理系老师张合义给了他满意的回答。

但除此之外，还必须要解决激光输出控制器的技术困难。

对于此时中国的激光照排技术来讲，样机生产比科研还难。中国此时的技术水平，尤其是硬件水平根本达不到。

最令王选头疼的是，国外的阴极射线管三代机可以在瞬时改变光点的直径和扫描步长，因此可以走走停停，逐字扫描。而杭州通信设备厂滚筒式的传真机却不行，一旦开始扫描就要连续不断地运转，必须不停地高速提供点阵信息给扫描头，这种扫描方式叫逐线扫描。激光不能改变光点直径、逐线扫描和不能走走停停这三个特点，使控制器提供字形点阵变得十分困难。

这些问题成为几个月来一直折磨王选的技术难题。他手里拿着一张《光明日报》，苦思冥想，功夫不负有心人，终于让他想出了解决办法。

根据大量统计数据，王选发现了一个特点：虽然汉字字模个数多达 6 万以上，但每天 4 版的《光明日报》所用的字模通常只有 2000 多个，一本 96 页的《参考资料》也只用到 3000 个左右，也就是说，每次照排所用的字模通常只有 3000 个左右。

因此，可以先把全部汉字字模的压缩信息存到外设的磁带机里，每次照排时，不用反复访问磁带机，那样速度会很慢，而是作挑选式读带写鼓，大约花 1 分钟时间把排版文稿中要用到的全部字模从磁带机中挑出来送到磁鼓上存储，以后照排过程中不再访问磁带，只要反复访问磁鼓就可以了。为了加快汉字复原速度，他又设计了取一行字模压缩信息送磁心存储器，分段生成字形点阵并缓冲的方案，用一个专门的硬件来完成高速复原，达到每秒复原大约 150 字的速度，从而赶上了传真机滚筒扫描的输出速度。

找到解决激光扫描控制器技术难关的办法之后，王选作出决定：采用激光输出方案，直接研制第四代激光照排系统。

这在有些人眼里，无疑只是一个天方夜谭的故事罢了，因为只知道二代机、三代机，还从来没有听说有人搞成过四代机。在当时世界上，第一台激光照排机还处在研制过程中呢，王选却做起了四代机的梦想，这在许多人看来是痴心妄想。

于是，有人私下议论："国外还没搞出来的东西，他能行吗？""王选想搞第四代，我还想搞第八代呢！"对这么一个小小助教加长期病号的狂妄想法，很多人嗤之以鼻。

"王选怎么去搞黑不溜秋的印刷！"不少计算机的同行都瞧不上他！在他们的眼里，数据库的结构、操作系统才是正经的学术研究。

在北大，尤其是理科，一直以基础研究为重点，应用研究很少。王选所做的东西实质上是印刷，与向来"阳春白雪"的北大学术正途和北大传统格格不入。

王选向郭平欣讲了自己的设想：

> 搞应用研究，必须采用高起点，着眼于系统成熟时未来的国际技术发展情况，否则，成果研制出来，就已经落后于时代，只能跟在外国先进技术后面亦步亦趋。从长远看，激光照排符合世界照排技术发展潮流。

郭平欣却暗自惊叹，自己没有看走眼，这个王选果然与众不同。他对王选的选择表示了支持。

然而，王选仍有一块久未解决的心病。杭州传真机的滚筒转速是每分钟 1600 转，再提高转速不太可能，由于一张底片上的两页小报需分两次扫描，所以实际输出速度只有每秒 15 个五号字。按这个速度，比二代机快不了多少，这哪行？

郭平欣也说，先进的第四代激光照排机一秒钟才输出 15 个字，肯定有人说闲话。

王选是个倔强的人，一旦认准了目标，就要千方百计地去实现。他不怕别人说闲话，有时一两句闲话可能变成一种特殊的刺激和动力。

接下来的几个月，怎样才能提高输出速度，成为王选做梦也在思索的问题。国产计算机条件如此简陋，激光输出的要求又是如此苛刻，王选觉得，这实在是一件困难得不可思议的事。

秋已深了，柿子树又到了成熟的季节。11 月的一天，一个念头在王选脑中一闪，如果把现在的一路光改成四路光在滚筒上平行扫描，速度不就可以提高 4 倍了？

经过仔细研究，他断定控制器同时提供四位信息是可行的，这要求字形轮廓信息填充时就按四路平行扫描的要求进行处理和缓冲，输出和移位均按四路平行扫描的要求设计。

这种方法虽然设计改动较大，但的确可行。不过，王选知道四路平行扫描主要困难不在控制器，而在于光学系统，对此他一窍不通。

于是，王选再次去找张合义。张合义此时也已经参加到"748"会战组，负责激光输出设备，尤其是光学系统的研制工作。

张合义听了王选急切的询问，也感到很振奋。他沉思了一会儿，最后张合义肯定地回答："可以用四路光纤耦合的方法实现。"

王选兴奋得一把握住了张合义的手。

王选根据上述构思设计的激光照排控制器成为汉字激光照排系统的核心。

1976年12月，王选写出了"'748'工程汉字精密照排系统方案说明"，1977年12月正式定稿，油印了几百份，分发到北大和协作单位。

这个方案分为上、中、下三册，灰蓝色的封皮，正红色的标题十分醒目。

前言中洋溢着20世纪70年代中国科技知识分子满腔的爱国情怀：

全电子式汉字精密照排系统，是综合应用电子计算机和激光等先进技术，彻底改革铅字排版印刷过程，提高排版印刷速度，实现排版印刷自动化的最新设备。研制这样的新设备，是加速实现我国四个现代化的迫切需要。

随着我国社会主义革命和建设的发展，各条战线急需出版更多的书刊资料，对内对外的宣传任务更是日益加重。而目前沿用的铅字排版印刷技术，是远不能满足要求的。在实现汉字照排自动化方面，日本在美国、西德的帮助下，已经研制出一些设备。这就在我们面前提出了严峻的挑战。汉字是我们祖国固有的文字，研制先进的照排设备，应是我们责无旁贷的光荣任务。我们应当独立自主、自力更生、奋发图强地早日研制出我国自己先进的照排设备。

在方案的第十五章《系统设计的指导思想》的一开始，王选就写道：

在任何以计算机为主体的系统中，都必须十分注意软件和硬件的结合，让软件和硬件互相配合提高整个系统的性能价格比，从本系统的全局到每个局部都贯穿了这一思想。

这是王选所强调的软、硬件相结合的最突出的表现。高倍率汉字信息压缩技术、高速高保真还原和输出技术等一系列关键技术无不体现了这一指导思想。

采用最新成果，实现技术发展的跨越，有时意味着用创新的设计，绕过按常规方式发展会遇到的巨大困难，走一条高效益的、事半功倍的捷径。

这一年的早些时候，在寻找生产照排控制机、汉字终端机和激光照排机等关键设备的厂家方面，北大已经在信息产业部郭平欣的亲自主抓下做了大量工作。

在汉字校改终端的方面，王选有了较为成熟的总体方案，那就是直接研制带汉字显示的先进的校改终端系统，用130计算机通过软件来实现各种复杂多变的编辑功能。

为了降低成本，加快编辑和校对速度，王选还设想出用一台主机带多台显示器的方案，以便将来供多个编辑利用不同显示器同时进行不同的修改。

王选请陈堃銶对光标移动、增删改等功能的程序实现做了一个速度测算，表明一台130机可以带8台以上的显示器。

这时，王选无意中看到一篇报道，介绍美国Digital公司正在DEC公司生产的小型机上开发一个多终端系统，采用的也是一台小型机带多台显示器的技术途径，这说明王选的设想已经与国外的技术发展趋势同步。

在20世纪70年代中期，基于微处理器芯片的计算机功能还很不成熟，王选提出的这种基于小型机的可编程多终端系统可以说是性能价格比最好的一种汉字终端方案。王选信心大增。

1976年7月，上海电工所来了几位同志，了解北大方案的进展情况。他们是从事上海照排大项目中汉字输入和校改子系统任务的，当时北大研究室的人数还没有他们参加项目的单位数多，于是王选热情接待，毫无保留地介绍了他们的汉字终端方案。

在场旁听的同事会后忧心忡忡地说："王老师把什么想法都告诉了人家，我们自己还没有实现呢。"

这年夏天，汉字终端协作厂的落实终于有了眉目，无锡电表厂来北大了解情况后表现出了浓厚的兴趣，而且他们还有相关的研制经验。

但是无锡电表厂是从事情报检索子项目研究的南方"748"项目成员，要为北方"748"项目服务，把新华社作为汉字终端的第一用户，并不是一件容易的事。

郭平欣、张淞芝等人出面，与江苏省电子局和有关单位多方协调，终于在 10 月底将无锡电表厂确定为汉字终端的生产厂家。

选择生产照排控制机的总承厂，过程更为曲折。鉴于照排控制机在整个系统中的核心地位，大家都非常慎重。

7 月 14 日，在北京大学文史楼一间 10 平方米的旧教室里，一场讨论总承厂的会议正在召开。

教室前面放了块不大的黑板，上面写着几家经初步调查入围的厂家，有来自实力雄厚的上海、苏州和天津的 100 系列机的生产厂。另外还有一家名不见经传的潍坊电讯仪表厂。

窗外烈日炎炎，室内气氛热烈，大家先后发表看法，

攻克难关

都倾向于前面的几家，唯独王选提出了不同意见。

他赞成选潍坊电讯仪表厂。

他选择潍坊的理由，正是因为他们的积极性最高。这一点是最重要的，只要积极性高，技术力量可以加强，不行北大还可以指导和具体协助。

王选觉得，北大"748"工程会战组两年多来在那么困难的条件下之所以没有垮掉，正是靠这种可贵的积极性。

在王选的坚持下，会议决定对潍坊电讯仪表厂进行一次实地考察。

1977年10月13日，由郭平欣带队，电子部、新华社和北大大批人马赶赴潍坊。他们对考察的结果感到十分满意，10月18日，潍坊电讯仪表厂被宣布为总承单位。

1978年初，潍坊派出一批30岁上下的技术人员来到北大，经过培训，他们和新华社派来的技术人员一起，正式投入了研制工作。

王选他们也推荐了一批技术人员调入潍坊，使潍坊的技术力量大大加强。

在激光照排机方面，由于王选的设计灵感来自杭州通信设备厂的报纸传真机，于是很自然地在1977年底与该厂达成合作协议，由北大的光学专家张合义、李新章负责，同杭州方面合作研制四路激光平行扫描的声光调制器光学系统，再利用报纸传真机的电子和机械部分，研制生产滚筒式照排机。

同时，与长春光机所和四平电子所合作研制转镜式激光照排机一事也已确定下来。

至此，主要协作生产厂家全部确定，为日后进行系列化商品生产打下了良好基础。

1978 年年底，为了检验照排机输出的文字质量和测试计算机与照排机之间的接口，研究室做了一个比较试验，先用一个"羊"字的汉字点阵存储器，与杭州通信设备厂的传真机相连，输出了一整版印满"羊"字的底片。

接着，他们再把光源改成激光，并采用新的同步方法，又输出了一版"羊"字。

两版一比较，大家看到激光输出的质量明显更高，每个人都感到很兴奋。试验证明，激光照排机的输出质量是能够更好地满足印刷出版要求的。

北大领导听说后，认为这是一个应该对外宣布的好消息。

1978 年 12 月 6 日上午，在北大校长周培源主持下，一场别开生面的演示会在北大举行。电子部、新华社、潍坊和各大报社 40 多人被请到了现场。

郭平欣在看了激光输出的一整版的"羊"字后，大声地宣布：

研制激光照排系统的技术条件已经成熟。

　　会场上立即沸腾起来了。王选终于可以放心了，他感觉到条件已经完全具备了，应该进入到原理性样机的研制阶段了。

激光照排系统研制成功

1978 年 3 月，全国科学大会在北京召开。这次大会好似一股春风，我国科技事业迎来了发展的春天。

王选和同事们满腔热忱地投入到原理性样机的研制工作中。王选除负责总体设计外，还负责照排控制机的设计。

当时还没有实行对外开放，零部件全部采用国产，集成电路也是小规模的，因此照排控制机体积庞大，仅插件板就有 28 块，每块板比现在 PC 机的母板还大，安放在一起组成一个大机柜。磁鼓驱动器也占了一个机柜，加上磁鼓，体积也不小，研制起来工程量很大。由于国产集成电路质量差，每次关机、开机都会损坏一些芯片，严重影响进度，大家只好不关机，由研制人员通宵值班。

软件系统方面继续由陈堃銶负责设计。在此前设计和试验汉字压缩信息的同时，陈堃銶已经开始琢磨排版软件的研究。

为了解排版知识，她看了不少技术书籍，又到印刷厂向排版师傅们请教，到图书馆翻看不同图书的版面风格。

同时，陈堃銶也研究了国外排版软件的现状。她了解到，当时美国和日本的排版软件大都只能用照排机输

出一篇篇文章，俗称毛条，再用毛条拼成版面，但也出现了少数能整页输出、自动成页的先进的排版软件。陈堃銶决定向国际先进技术看齐，跳过输出毛条、人工剪贴成页的阶段，直接研制整页组版和整页输出的排版软件。

1977年，在充分调研后，陈堃銶设计完成了能排文科书籍和八开小报的一种排版语言及其编译程序结构框图，还设计出了它的结果信息数据结构。

这时，陈堃銶又开始设计可同时运行四道程序的分时操作系统等软件程序。软件开发的条件也很差，难度相当大。

王选他们都在想，要是能有先进的进口计算机和元器件可用该多好，那样研制工作会轻松许多倍！

1978年12月，中共中央十一届三中全会召开，作出了把党和国家工作重点转移到以经济建设为中心的历史性决策。

然而，改革开放的大门刚刚打开，先进的设备没有盼来，世界上最早研制成功西文激光照排系统的英国蒙纳公司却准备于1979年夏秋之际来中国举办展览。这家大名鼎鼎的外国公司看中了中国巨大的印刷出版市场，决定把它的照排系统加上汉字字模和中文排版软件后，打入中国。

蒙纳公司的决策引起多家出版单位的兴趣。这让王选有些蒙了，也急了。

对于刚刚进入样机研制的王选他们，这个威胁实在太巨大了。蒙纳公司 1976 年发明了第四代激光照排机，并且很快成为商品，这是此时世界上唯一生产西文激光照排机的公司，也是世界上两家最早生产排版印刷设备的厂家之一。

蒙纳公司采用的是平面转镜方式，最绝的一点是可以走走停停，一行字可以扫完几线后停下，再启动时继续扫该行的下面几线，这无疑是一大发明。它的硬件先进可靠，而软件经改进后是可以实用的，尽管性能价格比不见得好。

相比之下，王选面临的主要问题是硬件设备落后，系统的可靠性比采用大规模集成电路的蒙纳系统要差很多。并且他们设计的原理性样机即使完成，勉强使用，距离成为商品的要求也还相差甚远。

但是，王选也意识到蒙纳系统有一个致命的弱点，它的控制器总体设计是很差的，采用黑白段描述字形，压缩率很低，而磁盘容量较小，放不下很多种字体；即使用 4 个 80MB 硬盘放入多种汉字字体，由于硬盘速度太慢，也会大大影响输出速度。

此外，蒙纳系统的终端的功能也很差，一屏只能显示很少几个汉字。由此可见，距离真正实用的要求还有很大距离。

王选觉得自己是有优势的。设计思想先进，"轮廓加参数"的字形描述方法、高倍率信息压缩和高速复原等技术是他们的撒手锏。

在分析了双方的优劣形势后，王选决定加快原理性样机的研制，要抢在展览会举办以前，输出一张报版样品。同时开始研制基于大规模集成电路的真正实用的 Ⅱ 型机。

这是王选的又一个重要抉择：从实验室走出来，站在市场的前沿，与国际产品争高低。这时还是 20 世纪 70 年代末，作出这样的决定，除了高度自信，还有中国的印刷革命应由中国人来实现的一腔爱国豪情。

然而，国门一开，中国人的眼界立即开阔了，多少颗封闭已久的心渴望飞翔，"出国热""论文热"随之而来，王选的科研队伍开始动荡不安。

1978 年，包括北大在内的全国高校和科研机构都陆续恢复了职称评定，职称热热遍了全国。

此时评职称看的是出版过几本学术著作，发表过多少学术论文，应用项目是吃力不讨好。北大计算机和电子领域的教师，不少都已经躲到书斋写论文去了。

激光照排项目从事的正是繁重的软、硬件工程任务，科研条件那么艰苦，而且根本没有时间写论文，所以变得有些"不得人心"。

1979 年春，原理性样机已经到了最后紧张的调试阶段。但此时由于外有强大压力，内部又看不到任何名与利，几个骨干相继离去，剩下的也人心惶惶。

研究室决定召开动员大会，在会上，张龙翔用恳求的语气说："请大家暂时不要出国，齐心合力把'748'工程搞好；项目成功后，凭我的老面子，可以送几个人去加拿大做访问学者。"一批中年教师留了下来，队伍总算基本稳定住了。

1979 年是王选从事激光照排研究 10 多年中身心最紧张、最劳累的一年，他每天和同事们一起，上、下午和晚上三段拼命工作。

王选坚信，致力于把科研成果转化成商品是适应社会需要，符合发展大方向的，再苦、再累也值得，总有一天这种做法会被人们所认识。凭着这些信念，他们渡过了这段难关。

1979 年 7 月，原理性样机的硬件部分终于调通，王选他们决定模拟报社出报过程，输出一张八开大小的报纸样张。

陈堃铫和软件组的同事们加紧工作，配合设计出了漂亮的版面，文内用了多种不同字号和字体，配上四种清秀的花边，右下角有一个简单的表格，报头是请郭平欣手书的"汉字信息处理"6 个大字。

1979 年 7 月 27 日，精密汉字照排系统的第一台样机调试完毕。

大家围在样机旁，紧张地注视着，机房里只有敲击计算机键盘发出的嗒嗒声。一会儿，从激光照排机上输出了八开报纸的一张胶片，王选兴奋而又紧张地接下这张可以直接印刷的胶片。

中国第一张用激光照排系统输出的报纸样张，终于在未名湖畔诞生了！

消息很快传到国务院，第二天，方毅副总理在周培源等校领导的陪同下，兴致勃勃地来到北大汉字信息处理技术研究室的计算机房，一边参观输出样张的现场演示，一边认真倾听王选介绍工作流程。

由于王选介绍得十分专业，大家听得不太明白，但演示十分成功，输出的汉字笔画匀称、清晰，字形美观大方。

方毅副总理看后，高兴地与大家一一握手，并指示新闻媒体要进行大力宣传。

事实上，此时的原理性样机还很不成熟，硬件刚刚调出，并不稳定，不是磁鼓出问题，就是磁心内存或其他部件出故障，来人参观表演时大家常常提心吊胆。此外，汉字终端机还没有研制出来，排版软件和操作系统也刚开始调试。因此，有的新闻媒体认为，为慎重起见，此时不宜报道。

然而，这时已是 7 月底，英国蒙纳公司马上就要来了，我们的成果必须尽快让中国乃至全世界知道：中国人正在自行研制先进的汉字激光照排系统，并且取得了阶段性成果。

《光明日报》记者朱军在 8 月 11 日头版头条，用通栏标题报道了这一喜讯：

汉字信息处理技术的研究和应用取得重大突破。

文章副标题是：

我国自行设计的计算机——激光汉字编辑排版系统主体工程研制成功。

朱军还在头版编发了评论员的文章和小报的照片。这一报道在国内外引起了巨大的反响。

值得一提的是，怎样使报道既有分量，又客观求实，让王选他们着实费了一番心思，最后终于想出了"主体工程研制成功"这一有力又不失实的提法。

在当时媒体普遍的"审慎"态度下，《光明日报》力排众议，如此旗帜鲜明地予以报道，称这项成果"对于我国新闻出版印刷领域的现代化具有重大意义"，对王选和同事们来说的确如雪中送炭，起了极大的鼓舞作用。

这年秋天，北大和无锡电表厂合作研制的汉字终端终于抢在展览会前完成了。与蒙纳系统的终端一屏只能显示几个汉字相比，北大的汉字终端一屏显示汉字352个，增删改的反应速度竟然也比蒙纳系统快了几十倍。

1979年10月8日，英国蒙纳照排系统展览会热热闹闹地在北京举行了。

此时，外国公司来中国举办展览会，即使是在首都

北京，也是不多见的。许多来参观的人眼中充满了新奇。在展览会期间的一次会上，有人热情介绍蒙纳系统，大谈如何先进，这深深地刺痛了在场的北大校长周培源。

这次会议并没有安排周培源讲话，周培源却站起来，做了一个相当长的发言。他只字不提会议的主题，只字不提引进，却讲了一大通北大设计的原理性样机和汉字终端系统。

他一方面介绍这一国产系统设计思想如何先进，另一方面又指出目前的国产系统元器件不先进，应支持它不断发展，逐步克服不足之处。周培源还特别强调必须依靠中国自己的力量发展照排系统。

他的发言与会议主题大相径庭，却大长了中国人的志气和威风，也使王选的系统出了风头。

然而，王选深知，原理性样机即使研制成功，也只能对付一下鉴定会，要投入实际应用，必须设计更为先进实用的 II 型机系统，这种系统体积应该更小，功能应该更加灵活方便，输出速度也应该更快，更重要的是保证整个系统的稳定可靠性。要做到这一点，则必须引进一些国外设备和元器件。

王选向周培源谈了自己的想法，周培源同意王选的看法，并鼓励王选加强与国外接触，开拓一些合作渠道。

获得国外专家的赞誉

1979 年到 1980 年间，北大文字信息处理技术研究中心先后接待了一些美、日专家和厂商。王选先进的设计思想，引起了国外同行的浓厚兴趣。

1979 年 10 月，王选接待了麻省理工学院的美籍华人李凡教授。李凡此行来中国，是帮助清华大学建立硬件实验室的，当时他正指导麻省的研究生研究高分辨率汉字字形的信息压缩问题，听说了王选的研究成果，专程来北大拜访。

李凡仔细听取了王选的介绍，又观看了系统输出的底片。他感到非常惊诧，怎么也想象不出，中国的王选是在如此简陋的科研环境和条件下，发明出如此伟大的成果。

李凡当即向王选发出了请他去麻省理工学院工作的邀请。由他出面申请福特基金会的资助，他说，那里良好的硬件开发环境，王选可以把北大的工作在麻省理工学院继续下去。

优秀的科研环境和条件是王选一直渴望的，但他仔细思考后，还是婉言谢绝了李凡教授的一片好意，因为他觉得，一定意义上说，这项工作不是他一个人的，离不开国内的集体和协作单位。

针对李凡的建议，周培源校长还主持校务委员会专门进行了讨论，也让王选列席了会议，会上一致同意了王选的意见。

李凡的研究生后来在论文中激动地写道：

过去的各种方法都未解决汉字信息的压缩问题，或者是压缩率低，或者是压缩率高而质量不好。因而高质量的中文输出系统虽然有，但非常昂贵。在这种情况下，当中国的研究小组在1979年8月宣布他们的系统用了一种信息压缩技术，500万字节的存储量可以存储65万个汉字时，使人激动和印象深刻，总压缩率达1:500，而输出质量无懈可击！中国这一系统可能是唯一的性能价格比合理的中文照排系统。

日本在研究汉字照排系统方面已经有多年的历史，却始终不能解决汉字信息的存储问题，王选先进的设计让日本人叹为观止。

1979年11月，研究室与日本日立公司举行会谈，日立制作所的神奈川工厂厂长、当时世界上最快的通用计算机 M200H 的主要设计人中泽喜三郎对王选说：

最感兴趣的是你们的汉字字形信息压缩技术，你们在这方面领先了，过去日本人觉得这

一问题很难，你们圆满地解决了这一困难，对
日本是一很大鼓舞。

精密照排系统不能在日本推广的主要原因
是硬件系统太贵，你们采用这种做法若能显著
降低造价将有很大意义。

日立公司在书面建议中表达了愿意购买这一技术的
意图，被王选婉言谢绝。

1980 年 1 月，北大又与日本松下电气公司洽谈合作
研制汉字终端一事，该公司最高顾问松下幸之助率领一
个高级代表团来到北大，他参观照排系统后，给周培源
校长写了一封信：

在汉字信息处理系统方面，贵大学已经有
了相当高的水平，我感到非常高兴。

虽然汉字激光照排系统备受赞誉，王选却还是个名
不见经传的小助教。于是，在寻求对外合作的过程中，
就出现了一段不太和谐的小插曲。

1979 年 11 月，美国文字印刷基金会代表团访华，在
会议现场，王选抓住这个难得的机会，临时"出击"，向
副团长、哈佛大学教授霍夫海因斯介绍激光照排系统，
这下急坏了负责接待的中方人员。

当时霍夫海因斯教授刚做完一个汉字打印机的报告，

会议休息时，王选试着过去向他简单说了一下他们的工作，并拿出报版样张给他看。

霍夫海因斯教授立刻表现出很大兴趣，他邀请王选到休息室详谈。

来到休息室，王选用英文向霍夫海因斯介绍他所设计的系统的技术特色。

当时某部门负责接待的一位同志也在场，他不懂技术，也不懂英语，没有礼貌地几次打断他们的话，说："人家是美国教授，都懂，不用你来说。"

霍夫海因斯则在那里听得津津有味，他让王选继续说下去。

交谈由于受到干扰，很快就结束了。王选向负责接待的同志表示了歉意，因为事先没有安排。

霍夫海因斯知道王选是北大的，当天就打电话给北大，要找周培源校长，因为他们认识。校长办公室就转告周老，说有一位哈佛大学教授找他，并留下了电话，但把名字说成了霍夫曼。

当天晚上，王选去周老家汇报与美国文字印刷基金会接触的情况，他告诉周老，有一个他并不认识的霍夫曼打电话找他，说就是霍夫海因斯。

周培源当即找到校长办公室主任文重，要他和他们一起去会晤。

第二天，王选又来到报告会场，与霍夫海因斯约好晚上和代表团的主要专家见面。同时又找到那位会议接待人员，再一次为前一天的贸然举措道歉。

晚上，在代表团下榻的宾馆，在霍夫海因斯和国际光电子公司、麻省理工学院的印刷专家和电子技术专家面前，王选展开了用激光照排系统输出的底片。

专家们拿着放大镜，上上下下仔细观看着，频频点头。王选听到他们不停地说："激动人心！""印象深刻！"

几天后，负责接待美国文字印刷基金会的某部出了一个接待简报，上面有这样一段文字："北京大学王选事先未经接待部门同意，与美国文字印刷基金会的霍夫海因斯教授用英语做了急促的交谈。"

该简报发到了北大，有位王选的同事在组里大声朗读这段文字，引起哄堂大笑。

1987 年底的一天，王选正在报社印刷厂忙着准备国家验收的具体工作，这时他接到一个电话：

美国某中文电脑公司的技术负责人说什么也不相信中国人研制的照排系统真的能出日报，而且是整页输出。他非要到《经济日报》印刷厂来亲眼看看华光系统。

最后，王选陪同这位颇有名气的中文电脑专家参观了《经济日报》的照排车间。这位专家看到了从输入文稿、拼版、排版、改版直到出清样的所有流程，最后又看了胶片，这才深信不疑。

这位专家激动地说：

了不起。日本也有用照排机排版的，但都

做不到屏幕组版，更做不到整版输出。只能出毛条，再用毛条拼版。他们也不能排大标题。标题字得用人工剪贴好，再用手动照排机把剪贴好了的标题补上去。

当得知《经济日报》印刷厂除了出日报，还承担几十种报刊的编排任务，他十分兴奋地说："我很希望能同你们合作，在美国代销华光系统。"

照排技术获得专利

1984年，邓小平提出的"科学技术是第一生产力"的伟大思想已经深入人心。

原定在1984年3月10日闭幕的第六届全国人民代表大会常务委员会第四次会议，却因我国第一部《专利法》的讨论而延期。

在邓小平"《专利法》以早通过为好"的指示下，3月12日，中华人民共和国第一部《专利法》在历经5年讨论、22次改稿后，终于诞生了。

此时，当人们还在计划经济的残冬中谈"私"色变时，《专利法》的诞生无疑具有石破天惊的意义。它以法律这种最权威的形式宣告：国家尊重知识和人才，保护智力劳动成果。

从此以后，中国的知识产权保护工作进入了一个新的阶段。

而就在这时，北大的计算机激光汉字编辑排版系统的研发也正在艰难地进行，一些计划在国内申请的专利也在积极的准备中。

此时，秦振山在王选领导下的汉字信息处理技术研究室已经工作了7年时间。他当时着手的工作是与四平电子所、长春光机所合作开发的"转镜式激光照排机接口控制"项目，在这期间也目睹了《专利法》颁布前后照排系统最早的几项专利申报的过程。

早在我国的《专利法》颁布之前，作为汉字照排系统研究负责人的王选就已经申请了欧洲专利。

那还是在1981年的下半年，王选一直在筹划着如何保护好照排系统的研发成果，可那时申请专利还是一件非常不容易的事情。一是国内还没有相关的制度，而到国外申请专利，又不具备相当的身份。

为了这件事，国务院副总理方毅、著名科学家钱伟长、周培源校长，还有海外的著名华人学者，都十分关心。最后，在1982年5月，还是通过香港星光集团的黄金富先生，利用香港居民可以在欧洲申请专利的条件，申请了照排系统的第一个专利。专利号是EP0095536，发明人为黄金富、张淞芝、王选。

《专利法》颁布第二年，国家专利局和国家科委要通过举办中国首届专利发明博览会的方式总结一年来的专利成果。这一举措，无疑是对实施《专利法》的一个最好的回应。

博览会举办之前，王选的两项发明专利已经递交了申请。为参加博览会，王选告诉秦振山："这次博览会我们一定要参加，参展手续和具体带什么展览用品，你都要办好，整个展览也就是由你一个人从开始干到结束了。如果有问题，可以找科委成果处的朱丽兰同志联系。"

为了参加好这次博览会，秦振山按照王选的安排，紧锣密鼓地认真准备，编写宣传材料，制作展板和收集样品等。

所谓"展板"，依照当时的条件，就是用一张"大字报"纸手工抄写。好在秦振山的毛笔字还不错，不但介绍了照排系统的功能，还画了详细的系统框图，关键是把王选的两件发明专利的申请号写在了展板的正上方。

所谓"展品"，就是秦振山他们收集的已经应用了照排系统的印刷厂印刷的样书，这是非常重要的一项。

这些书既有纯文字内容，也有充满数学、化学公式、表格的内容。所以这些书应该说是国内第一批华光 II 型照排系统的产物。它印刷精美、文字清秀、内容题材也比较新颖，充分表现了排版系统的功能。

带着这些"展具"，秦振山来到了博览会的现场进行"布展"。由于当年国内专利申报踊跃，专利数量猛增，报名参加展会的单位也比较多，所以，博览会分配到每一家的"展台"就只有一平方米。

1985 年 10 月 9 日，金秋的北京，阳光高照，气候凉爽宜人。在天安门东侧劳动人民文化宫的一个大殿里，第一届专利博览会如期开幕了。

展会期间，每个参展项目都展现了各界科技工作者的最新专利成果，表现了我国科技人员的聪明才智，因此，这次展会，参观者络绎不绝。各个"展台"前都特别拥挤，参观人群中，不但有一般的科技人员，也有国家各部委的领导人。大家都仔细地观看和了解每一参展

项目。

博览会开始的第四天，已经有一些特约专家开始进行本次博览会专利金奖的评审工作了。

所谓评审，就是专家们分别地在各个"展台"前详细了解专利的内容，然后打个分数，最后再汇总，看哪项专利的分值高，谁就是专利金奖获得者。

可是，这时计算机激光汉字编辑排版系统还没有普及，加上整个排版系统应用了多学科的知识，一些评委虽然听了秦振山的详细讲解，但对于"高分辨率汉字字形发生器""照排机和印字机共享的字形发生器和控制器"这些技术还是搞不明白。

一个评委说，我是搞电学方面的评审的，但对激光技术不了解；另一个评委又说自己是评机械方面专利的，但又不太懂计算机，更不懂印刷。所以两天下来，秦振山从侧面了解，几乎没有评委给排版系统一个好的评价分数。

最后，秦振山眼看着离评审结束只剩下两三个小时了，他终于坐不住了，决定去拜访朱丽兰。

在她听完秦振山对系统的介绍后，便作出了一个特殊的决定：让所有的评委都前来听秦振山的介绍，进行现场评定。

一下子，排版系统的展板前集中了十七八位专家，这时也不得不占据了其他参展单位的地盘了。

秦振山详细系统地介绍了半个小时，还专门留出了答疑的时间。最后，评委中的一位专家终于了解了系统的功能，他惊叹地说："好悬呀，我们差点把这么一个最好的专利给放过去了。"

另一位评委说："这么好的专利技术，假如王选的专利没有评上金奖，那我们这次博览会就算是白开了。"

经过专家评委讨论，最后在离召开颁奖大会不到一个小时的时候，终于宣布了评奖结果：

王选的两项发明专利被评为中国第一届专利博览会金奖的第一名。

当秦振山听到这个消息时，心里别提有多激动了，他觉得自己的努力没有白费，终于可以向老师有个交代了。可他又非常着急，因为通信工具很不普及，这时再通知老师领奖已经来不及了。

1985年10月16日13时30分，全体参展人员和获奖者代表排队依次进入人民大会堂接见大厅，等待党和国家领导人的接见。在接见合影时，组委会特地把秦振山安排在最中间。

在隆重举行的发奖仪式上，国家领导人向专利金奖的获奖单位颁发了第一届中国发明博览会的奖励证书和奖品。

1985年12月，王选的"高分辨率汉字字形发生器"与"照排机和印字机共享的字形发生器和控制器"的两项发明专利获得专利授权。

在这之后的第二年，"北京大学新技术公司"正式成立了。

核心技术的积累孕育了一个新的生命。排版系统的推广是方正集团公司初创时的主业，这一系统的推广，不但带来了中国印刷排版领域的技术革命性的变化，也是方正成长必不可少的奠基石。

就这样，以激光照排技术为核心的发明，后来使王选一共获得了 1 项欧洲专利和 8 项中国专利。

三、 推广应用

- 1980 年 10 月 25 日，邓小平对北大激光照排系统做了"应加支持"的批示。

- 系统有问题，解决；用户有需求，服务。耐心和恒心感动了用户。

- 1984 年 6 月 11 日，王选郑重地向校长提出了建议：北大应该成立科技公司。

激光照排系统投入使用

在经过长期的努力之后，王选设计的激光照排系统终于在 1980 年 9 月 15 日上午排出了《伍豪之剑》。这是中国在告别铅字的历程中排出的第一本书，这是检验照排系统功能的一个重要标志。

1980 年 10 月 25 日，邓小平对北大激光照排系统做了"应加支持"的批示。

又经过一段时间的技术改进，北大激光照排系统开始投产。

然而，任何科学研究都不可能是一帆风顺的，让王选感到苦涩的是，他的研究成果得到政府和学校的承认，却不被用户采纳。

1985 年 7 月王选的访美之行，给了他很大的刺激。王选说：

在纽约 HTS 总部，他们的总裁春风得意地接待了我，原来他刚从北京回来，和我们的一家大报社签订了 430 万美元的照排设备合同。我当时的心情难以言表。因为就在同年 5 月，我们六家单位通力协作，前后历时 5 年研制而成的华光 II 型系统就已经通过了国家级鉴定。

追忆往事，王选依然历历在目。

"华光!""华光!"在最艰难的日子里，他们为自己的产品命名华光，意为中华之光。

系统有问题，解决；用户有需求，服务。耐心和恒心感动了用户，华光Ⅱ型问世后，有5家用户购买了这一系统。

1986年初又传来喜讯，中国新闻界首次评选上一年度中国十大科技成就，计算机汉字激光照排项目当选。这对于王选和同事们来说，真是极大的荣誉。

然而，王选心里清楚，华光Ⅱ型绝对担当不起改造印刷行业的重任，必须加紧研制新一代系统。

1985年11月，距离Ⅱ型机通过鉴定仅半年时间，华光Ⅲ型系统正式面世了。

1986年，铁道出版社首家采用这一系统，解决了积压已久的书籍出版问题。当年12月，华光Ⅲ型系统与科技版软件通过了部级鉴定。

这是我国第一个实用科技排版系统，它能够方便而规范地排印各种复杂的公式、符号和表格，一面世就好评如潮，连获大奖：全国首届发明协会发明奖、北京地区电子和信息应用系统一等奖、全国计算机应用展览会一等奖、第十四届日内瓦国际发明展览会金奖……中国的汉字激光照排系统一下子蜚声中外。

要使系统达到最高水平，必须能顺利排印大报、日报。因为这类报纸时效性强，字体要求多，版面变化多，是对照排系统最严格的考验。如果这一关过去，大规模推广普及便指日可待。

正在王选翘首等待的时候，《经济日报》成为第一个"吃螃蟹"的报社用户。

此时，《经济日报》厂房面积只有 6000 平方米，全部采用铅排铅印，日排字量只有 10 万字左右，不但印刷生产能力越来越不适应新闻出版形势的发展，而且污染严重，对周围居民和城市环境造成极大影响。

厂长夏天俊被这些问题苦苦困扰，要改变报社印刷厂的现状，最稳当的办法是扩大厂房，增加人力和设备。然而，这是在北京最繁华的中心地带，绝对没有可能。

所以，当夏天俊得知新华社试用汉字激光照排系统取得很好的效果后，就动了心思：干脆跳出铅排铅印的传统工艺。

1985 年初，夏天俊进一步考察了别的报社引进的第三代照排系统的作业情况后，又参加了国家在新华社为王选等人发明的第四代汉字激光照排系统华光 II 型机中试结果的检测鉴定和验收大会，对王选的汉字信息处理技术有了进一步的认识，开始与王选进行直接接触，了解了王选向大报排版进军的意向。

经过多方权衡，《经济日报》正式向国家经委提交报告，表示愿意做计算机汉字激光照排系统的第一个大报用户。

1986 年 9 月 30 日，第一套华光 III 型系统运进经济日报社印刷厂。

为保持多年铅字排版报纸的风格和各种功能，王选向他们明确表示：凡是铅排能做的，激光照排都能做，铅排不能做的，激光照排系统也应能做，特别是在生产能力和速度上，将大大超过铅排。

但是，经济日报社觉得要抛掉铅字，有点铤而走险，他们还是采取了十分慎重的态度，决定先用每周三出版的《中国机械报》做试验，采取铅排和照排同时进行的方式，一版一版地上照排。

10 月 28 日出了第一版报纸，到 12 月才把该报的 4 块版全部改为照排。可以说，《中国机械报》是第一个正式用上激光照排的报纸。

1986 年末，该报发表了《告别了，铅排》的编辑部文章，激动地庆祝这一时刻。

但王选知道，这还是新华社试验的水平，系统故障也不少，只有上了日报，才算真正经受住了考验。

《经济日报》上照排的过程也是循序渐进、小心谨慎的。1987 年 4 月中旬先开始编排三、四版，一个月后增加了第二版，因为这些版面时效性要求不高，可以提前两三天预排。

1987 年 5 月 22 日，《经济日报》的 4 个版面全部用上了激光照排。世界上第一张用计算机屏幕组版、用激光照排系统整版输出的中文报纸诞生了。

然而，全部上照排后，意味着要在有限的时间里赶排出每天的日报。日报对时效的要求是极其严格和紧张的，新华社凌晨 1 时左右截稿，到发行只有四五个小时，除去印刷，留给排版的时间实际上只剩两三个小时。在这么短的时间里出报，新系统的毛病全暴露出来了，一时间故障重重，错误百出。

在接下来的十来天里，王选每天都手忙脚乱，胆战心惊。系统软件和硬件的潜在问题都暴露出来了：重字、重行、丢字、丢行、标题移动困难，有时明明改过的错字又重新出现；照排机、激光印字机在运行过程中出现电源设计不合理、抗干扰性能差、扫描抖动、暗盒不严、走纸不匀等一系列问题；字模出现宋体字横道过细、标题字大量缺字等等。

面对读者的纷纷指责，《经济日报》给北大也下了"最后通牒"，他们要求北大在 15 天内排除系统故障，否则他们就将退回到铅字作业的时代。

王选带领研究人员们，经过十几个日夜的紧张作战，终于排除了所有的故障，使系统正常运行了。

与外企争夺国内市场

随着中国改革开放的进一步深入，国外的产品开始大量地涌入中国。

1984 年，中国以更坚决的步伐把改革开放又推进了一大步。松下电器，奔驰汽车，IBM 电脑等大量"舶来品"潮水般涌入中国。

美、英、日等国研制的汉字照排系统，也以比从前更进步的技术，形成"联军"似的战斗力，向中国的报社、出版社、印刷厂发起进攻。

英国蒙纳公司和另一家公司合作，在京展示了他们的整页拼版设备。他们采用了分辨率很高的大屏幕进行显示，而且还有中文处理功能，尽管软件功能差，但是相当吸引人们的眼球。

日本的写研公司在日本国内已经占领了 70% 的市场，现在又瞄上了中国的广大市场。它的中文字库质量非常高，其女老板每年来中国两次，与中国用户十分熟悉，以至于中国的印刷界"言必称写研"，《人民日报》海外版、新华印刷厂和上海的一家大报都先后成了写研的用户。

占领了我国港澳台地区和东南亚大片华文报业和出版业市场的日本森泽公司和一个叫"二毛"的日本公司，

以及美国 IPX、王安等公司，都来京展示产品，还热情招待潜在的中国用户去日本考察。

王选他们一下子面临着众多著名国际公司的竞争压力。

但此时与 1979 年相比，1984 年的改革开放已前进了一大步，政府已不大可能去干预地方上和各部门的技术引进行为了。

有关部门正在考虑是否全套引进英国蒙纳公司的激光照排系统。《人民日报》海外版开始采用日本人的第三代机照排，并向上级打了报告，要求 250 万美元与美国合作研究中文激光照排系统。

人民日报社在引进国外的产品之前，组织了一个专家论证会，讨论是否引进外国系统。王选也接到邀请参加了方案介绍。

在会上，王选极力阐述北大激光照排系统在技术上的先进优势，然而，让王选感到伤心的是，论证会上除了新华社的傅宗英表示应该支持国产系统，绝大多数人甚至包括电子部的与会专家，都赞成引进国外的产品。

这一年"五一"前夕，王选被评为北京市劳动模范，入夏又从副教授晋升教授，他的科研精神和成果得到了政府和学校的承认，却不被用户接受。

此时，王选认为：尽管你手中掌握了先进科技成果，如果不能走向市场，变成让人接受的商品，那么你的成果也就没有任何实质性的意义。

1987 年下半年，华光Ⅲ型系统的运行越来越顺利，效益也大大提高。

10 月，中国共产党第十三次代表大会召开，大会工作报告全文长达 3.4 万多字，《经济日报》在收到新华社电讯稿之后，立即使用华光系统进行计算机排版，仅仅 20 分钟就结束了任务。

相比其他报社，华光激光照排系统的优越性充分显示出来了。

1987 年 12 月 2 日，国家有关部门和科研单位的官员和专家们聚集一堂，在王府井 277 号大院召开鉴定会。华光Ⅲ型报纸编排系统顺利通过国家级验收，鉴定书的结论是：

> 该系统与铅排工艺相比，提高劳动效率五倍以上，大大缩短了出版周期，改善了工人劳动条件，消除了铅污染，甩掉了铅作业，这是报纸印刷工艺向现代化迈进的一项重大改革。
>
> 《经济日报》是世界上第一家采用计算机激光屏幕组版、整版输出的中文日报。

当天，《人民日报》刊登新华社记者李安定的文章，热情地称赞这是一个"报业奇迹"，他说：

> 如果说活字印刷是一次印刷业革命的话，

这个系统的诞生，将是一场新的印刷革命的开端。

1988 年 7 月 18 日，《经济日报》印刷厂终于卖掉了一切铅作业设备，撤销了铅作业机构和人员，印刷厂承印的所有报纸、书刊，全部用上了激光照排系统。

工人们欢呼着庆祝这一时刻的到来，《经济日报》成了中国报业第一家告别"铅与火"、迎来"光与电"的报社。

正当华光顺利发展的时候，传来了世界银行招标的好消息。

此时，中国许多高等院校所设的印刷厂都同样存在着出版周期长、铅排工艺落后的问题。为此，世界银行决定向中国 20 多所高校发放数百万美元贷款，来协助这些高校的印刷厂购置激光照排系统，以彻底改善生产落后的面貌。同时，世界银行决定以国际招标的方式来选购照排系统。

这不仅是一笔巨额收益，更是一个绝佳的抢占国内市场的机会。包括英国蒙纳系统，日本写研、森泽公司在内的 10 多家国际公司纷纷购买标书，跃跃欲试。国内有几家公司也在积极准备参与投标。

此时，华光系统已经推出 IV 型机，它的最显著的特点是采取双极型微机与门阵列相结合的方式，使得激光照排控制器成为真正意义的光栅图像处理器。IV 型机还采用了经过改进的 TC86 的芯片。

由于充分利用最新的设备和元器件，使得Ⅳ型机与华光Ⅲ型相比，产生了脱胎换骨的飞跃。

王选当然要参加招标，而且是志在必得。

带有汉字字形快速复原专用芯片的 RIP、批处理书刊排版软件和交互式报纸组版软件 NPM 这三大"杀手锏"组成的Ⅳ型机系统，在世界银行的国际招标中大显身手，以绝对优势连连中标，总价值 130 万美元：

1988 年初第一标揭晓，Ⅳ型系统中标 1 套；

1989 年初第二标揭晓，Ⅳ型系统中标 6 套；

1989 年 8 月第三标揭晓，Ⅳ型系统又有 17 套中标。

在这次国际招标中，华光系统最终以绝对的优势取胜了。

1988 年，华光Ⅳ型系统投入批量生产，正式投放市场了。

与Ⅲ型系统相比，华光Ⅳ型系统外观也更加漂亮，字体字号变化丰富，文图合一，能处理复杂版面，能在屏幕上直接任意修改版样和文章。加上高度稳定可靠，而价格只是国外系统的一半甚至三分之一，因此深受用户青睐。在一次订货会上，仅 3 天就成交 2000 多万元，一年签订了 200 多套的合同，成交额超过 7000 万元。

1989 年 12 月 26 日，华光Ⅳ型系统通过了部级鉴定。方毅副总理出席了鉴定会。

《经济日报》1988 年下半年换装了Ⅳ型系统，质量和效益大幅提高。

从中笑在《王选的世界》中写道：

1986 年使用铅排铅印时，有职工 258 人，排印 10 种报纸，5 种期刊，年排字 8500 万字，利润 60 万元，人均利润 2326 元。1988 年采用激光照排后，职工减为 234 人，却承担了 33 种报纸、11 种期刊的编排任务，年排字 1.4 亿字，年利润达 200 万元，人均利润上升为 8547 元。1989 年的产值更高达 700 万元，年利润 250 万元，人均利润突破了万元大关。

与同等任务的铅作业相比，减少厂房面积 68%，用人减少 60%，耗电量减少 68.7%，成本下降 17%。

1988 年 12 月 6 日，《经济日报》头版刊登了长篇通讯《告别铅与火的时代》，记者詹国枢用热情洋溢的语言详细描述了该报使用汉字激光照排的情景：

在电脑激光照排车间，十几台电脑前坐着十几位身穿白大褂的姑娘，姑娘们纤细的手指在键盘上灵活起落，仿佛正弹奏着美妙的乐曲。再看看组版你更会称绝。屏幕上出现的图像和编辑的版样完全一样，按一个键黑体字马上会变成宋体，再按一个键小号字立即又变成大号字。更妙的是错几个字删去后，下面的字立即会挨个儿补上，要添几句话，后面的也会很听话地空出应有的位置。你正看得入神，一个漂亮清晰的版样已经出现在屏幕上，待会儿输入激光照排主机，很快就可以出一张和报纸一模一样的大样。

旁边一位姑娘说，过去的铅排车间可比这大多了。车间里到处立着一排排黑糊糊的铅字架，一个个铅字要从架子上拣出来，码成一篇篇"文章"，再放到铁案上拼成大样。那一块版拼好后死沉死沉足有好几十斤呢，挪一挪也得请别人，每天累得腰酸腿也疼。车间里既黑又脏，又有铅污染，最可气的是油墨简直钻进了指甲缝里，下了班用硬刷子加去污粉使劲刷也刷不干净……

看着这明亮整洁的车间里在电脑前轻快操作的姑娘们，再想想那一排排黑糊糊的铅字架，你会打心底里赞叹一句："中国印刷业正迅速跨越两个时代。"

《经济日报》的巨大成功，彻底消除了一些用户对国产系统"先进的技术，落后的效益"的担忧，国产激光照排系统开始在全国新闻出版、印刷业推广普及。

1989 年的订货款额突破 1 亿元大关，达到 1.2 亿元以上。北京地区的绝大多数日报、全国绝大部分省级报社及一部分市报都订购了这一系统。中宣部提出的 1990 年省级报社要基本普及照排的规划提前一年完成。

就在这时，进口 HTS 系统的那家报社领导找到王选，请他帮助改造报社从美国购买的这套照排系统，因为这一系统自 1985 年引进以来，一直未能投入使用！

1985 年，这家报社从美国 HTS 公司进口了两套照排系统，合同金额约 430 万美元。

王选的目标是，要在 3 至 5 年内把国外照排系统赶出中国市场，一定要比 HTS 公司的系统早出报，而且价格只是它们的八分之一。

一个在中国，一个远在大洋彼岸的美国，虽不曾面对面较量，彼此却都感受到了隐形的刀光剑影。

1986 年 3 月，HTS 公司第一次提出修改合同，要求变换系统的某些指标；4 月，《经济日报》印厂派人到杭州进行华光Ⅲ型系统稳定性试验；9 月 30 日，第一套华光Ⅲ型系统运进经济日报社印刷厂；10 月，HTS 公司第二次修改合同，申明不能按时交货；10 月 28 日，由经济日报社印厂印刷，每周出版三期的《中国机械报》4 版开始尝试用照排系统出报；1987 年 5 月 22 日，《经济日报》的 4 个版面全部用上激光照排；12 月 2 日，华光Ⅲ型报纸编排系统顺利通过国家级验收，价格仅为美国系统的十五分之一。

而从美国传来消息，HTS 中文排版系统仍然没有进展，半年过去，HTS 公司仍没能解决难题，不得不于1988 年 7 月宣告失败，并扬言准备宣布破产。

　　为了减少损失，购买 HTS 中文排版系统的这家报社决定把系统运回国内，不再支付剩余款项。面对一堆庞大、崭新却如同废品的机器，该社想到了王选。

　　在此之前，HTS 公司曾派人来找过王选，他们要购买王选的专利技术，王选就随口说了个天文数字，把对方给吓跑了。

　　当报社的领导找到王选请求帮助时，王选一口就答应了，还带着几个骨干去"会诊"，结果发现 HTS 系统从总体设计、核心技术到排版软件都比他们设计的系统落后两年以上。

　　王选当即表示，可以用他们的技术把这两套昂贵的机器改造好。这家报社很快与 HTS 公司中断了合同，并在 1989 年 3 月与北大签订了系统改造协议。这一年 8 月，设备改造成功，效率快了 20 倍。

　　HTS 公司的总裁彻底折服，他在离开中国前，向中方表达了他对王选的杰出发明的尊敬，并感叹说："今后，地球上再没有 HTS 公司了。"

　　1989 年，华光Ⅳ型机开始在国内新闻、出版、印刷业波澜壮阔地前进。这年底，所有来华的研制汉字激光照排的外国公司，全部退出了中国大陆市场。

　　王选他们的国产系统在与国外产品激烈的"肉搏战"

中大获全胜。王选后来说：

> 1988 年后的几年间，我每到一个城市，第一件事就是看报栏，看里面的报纸哪些是铅排的，哪些是我们的激光照排系统排的。我高兴地看到，用我们的技术排的报纸一天天增多。到 1991 年，我在上海交大看到交大的校报都是用我们的技术排的版，这以后我就不看报栏了——我知道不用看，用的都是我们的技术。这个过程真是一种非常难以形容的享受。法国作家莫泊桑有一个座右铭："一个献身于科学的人就没有权利再像普通人那样生活。"这也是我的座右铭。

> 从 1975 到 1993 年，18 年间我一天也没有休息，没有寒暑假，没有春节，也没有星期天，换来这样的成果，是值得的。一个人要想在学术上有所成就，必然要失掉不少常人能够享受的乐趣，但也会得到常人所享受不到的乐趣。

1988 年 7 月，《经济日报》印刷厂在全国第一个废除了铅排作业，卖掉了沉甸甸的铅字，开启了我国报业和出版印刷业"告别铅与火，迎来光与电"的印刷技术革命。

到 1993 年，国内 99% 的报社和 1900 种以上的黑白书刊出版社和印刷厂，均采用了以王选技术为核心的国产激光照排系统，已经延续了上百年的中国传统出版印刷行业得到彻底改造，没有经历第二代、第三代照排机，从铅排直接跳到最先进的第四代激光照排，实现了被公认为"毕昇发明活字印刷术后中国印刷技术"的第二次革命。

从 1988 年开始，国产激光照排系统以强大的功能，仅有进口产品五分之一的价格称雄市场，短短一年多的时间，订货款就已经超过 1 亿元大关。

1990 年 2 月，《文汇报》刊登人物报道，把王选称为"当代毕昇"。

1991 年 6 月，《解放军报》称王选为"汉字电脑激光照排之父"。

1988 年，中国报纸印刷业的工艺与国际上的先进水平相比，至少落后 30 年，然而至 1993 年末，我们就基本上达到了国际的先进水平，与最先进的水平相比，最多不会差 5 年。发展到今天，应该是并驾齐驱甚至领先国际水平了。

北大方正应运而生

呕心沥血 18 年，激光照排系统获得了国内外同行众口一词的赞誉，王选却没有沾沾自喜。

早在样品机研制成功时，王选就开始思考，如何将科研成果转化为现实生产力？国家上千万的大笔投入，如果不能通过成果转化的方式收回，即使获得再多的奖励，王选总有种负债的感觉。

正是这种"负债心理"与社会责任感，促使王选加速了激光照排机商业化的步伐。

而走向市场，光靠他的研究所不行，必须要有一个专门生产机器设备和搞市场的商业性公司。

这段日子，王选天天都在考虑着走向市场办公司的事。但是对于这种事情，在 1979 年，习惯于在计划经济下生活的中国人，尤其是中国知识分子，还很少有人考虑市场经济问题。大家已经习惯于完成上级下达的科研课题任务了。至于这个课题能否产生市场效益，那就不关我的事。

许多人以关起门来做学问为清高，人们崇尚的是陈景润、钱钟书这样的纯学术型学者。有没有成果，主要看有没有论文；能不能评上教授，最重要的硬件就是有没有论著；谁要走出书斋，跑市场，就会被人认为不务正业，没有水平。而在北大，这个中国最著名的高等学府，这种观念更是强烈。

但是，王选不理会这些，他对市场非常敏感。

"如果不把研究的成果商品化，相当于白研究。"这是 1981 年王选在成功研制出我国第一台计算机激光汉字照排系统时，第一次提出要把科技成果转化成生产力。

当时由于王选的实验室没有资金和人力去开拓市场，王选决定将这个技术交给一些企业去生产经营，双方按利润分成。然而，令王选没有想到的是，国内稍有规模的企业都不愿意同王选合作。刘秋云说，他们这是对自主创新的怀疑。

于是，王选把目光投向一些规模不大的小企业。后来，王选找到了山东潍坊的华光。山东潍坊的华光厂成为了第一个代理销售王选研究的激光照排系统的企业，王选负责的实验室可以在销售收入中获取三分之一的收入，从而缓解了研究经费的不足。但是，在与华光合作的过程中，又出现了新的矛盾。

面对这种现状，王选说，皇帝的女儿不愁嫁。华光的市场推动效果并不理想，王选认为必须依托高校力量，走一条"产学研一体化"的模式。

当时的北大附近，中关村一条街上，已经有其他大学和科研单位开始办公司了。比如说中国科学院的陈春先，在考察了美国的硅谷后，对硅谷的教学、科研，公司三位一体的模式大为感慨。回来后便率先在中关村办了"先进技术发展服务部",之后,又扩大成为"华夏硅谷集团"。

之后,又有中科院的人办了"四通公司"和"信通电脑公司"。清华大学的人办了"海华新技术开发中心"和"华海新技术开发公司"。因为这些公司,中关村兴起了一条初具规模的商业街。

而北大,尽管与中关村近在咫尺,却依然没有人出来办公司。王选再也按捺不住了。

1984 年 6 月,北大新校长丁石孙走马上任,11 日,王选郑重地向校长提出了建议:北大应该成立科技公司!

丁石孙非常重视王选的建议,第三天就召开了北大校务委员会扩大会议。王选在会上做了详细的发言,说明北大办公司的必要性。他说:"这样,不仅可以吸收北大的一些散兵游勇,可以形成一个试验基地,发挥北大的长处,还可以赚钱,用赚来的钱再支持北大的教育和科研事业。"

在会上,王选还提出,要物色一个有市场经济头脑的"总经理",负责全面管理这个公司。

反对的意见当然也是有的,无非是北大是个有影响的高等学府,要以教学科研为主,怎么能去赚钱呢。

不过,在丁石孙的主持下,最终还是通过了创办公司的决议。

走出会议室的时候,王选长长地舒了口气,心头的石头落了地。他想,只要有了这个公司,他的顶天技术就有了坚实的立地基础。他们就可以致力于市场开发，将激光照排系统推向市场，成为真正的有含金量的成果。他们的激光照排系统，也就可以根据市场的需求，不断改进和更新，达到更高水平。

王选仿佛看到了一个崭新的天地在向北大微笑。

1985 年春，经过艰难的筹备工作，由楼滨龙任总经理，张玉峰、黄禄萍任副总经理的"北大新技术公司"终于开张了。

开办之初，只有一间 10 平方米的办公室，也没有钱。王选从他的科研经费中挤出了 10 万元，交给公司作为第一笔经费。

北大新技术公司成立于 1985 年，建立之初的几年里，它只是一家默默无闻的校办小企业。

此时，在人们眼中，北大新技术公司只是在中关村干着"倒卖"电脑的行当，学校一般会把一些不要的人往那儿塞。

在王选的激光照排系统一路顺利向前发展时，王选与北大商量，决定让北大的校办企业也来生产销售激光照排系统，从而形成一种竞争机制。他把目光锁定在北大新技术公司上面。

1991 年 3 月，以王选为首的北大计算机研究所正式融入北大新技术公司。这一刻，一个时代的传奇孕育诞生了。

同月，北京大学计算机科学技术研究所和北京大学新技术公司联合推出新一代电子出版系统，即"北大方正电子出版系统"，也就是方正 91 型系统。

3 月 15 日，北大方正的第一个广告见报。

3 月 21 日，李铁映同志访问北大，参观了激光照排系统。中央电视台播放新闻时第一次提到了"北大方正"。

不久，崭新的"方正集团"挂牌成立。作为科学家的王选，在其名片上又多了一个新的头衔：方正控股有限公司董事局主席。

可以说没有王选，就没有北大方正。但是在公开场合，王选一直强调自己天生不适合干企业，他说："我没有一点企业家的素质。因为企业家懂得财务，而我对财务一窍不通，而且觉得有点格格不入，自己的账都不清楚，自己的钱都不清楚。企业家必备的这些素质，我都非常缺乏。我不是企业家，我只是一个对市场有判断能力的技术专家。"

王选的这种谦逊，恰好表现了作为企业人最可贵的一面——才能。

仅 3 年时间，王选和他的激光照排系统在海内外市场上创造了一个神话：占据了中国报业 99%，海外中文报业 80% 的市场份额。王选也获得了很多殊荣。

但是，此时的王选却感到的是沉重。

1995 年，王选牵头成立了方正技术研究院，建立起了一个研究、开发、生产、销售、培训和售后服务为一体的一条龙体制。王选提出了一个"顶天立地"的著名论断，开始探索和建立高新技术企业发展的产学研的创新模式。

王选说，他一直有一种"负债心理"，觉得还未形成产业，国家投资尚未收回，这种"负债心理"能促使他们不断进取。

"顶天"就是不断追求技术上的新突破；"立地"就是商品化和大量推广、服务，"顶天"和"立地"紧密结合、相辅相成。多年的实践证明，这是一条产学研一体化的成功之路。

产学研一体化的成功之路引领北大方正从一个最早只靠激光照排技术生存的企业，发展到现在拥有几十个项目的集团公司。在王选的带领下，北大方正在国内中文专业排版领域的年营业额超过 15 亿元，成为国内最大的校办企业。

在业界，一提到王选的名字，人们很自然地就想起方正，想起王选是方正的"精神领袖"。

王选和方正已成为不可分割的整体，王选的技术成就了方正，而王选还在为方正倾注着后半生几乎全部的心血。

北大方正进军海外市场

王选认为，中文出版系统进入海外市场不能看作走向国际的标志，只有开发出非中文领域的出版系统进入发达国家，才算真正国际化。

方正作为一家拥有自主知识产权的中国企业，不仅要在国内软件业引领一方诸侯，更要让自己的软件走出国门，让方正核心技术打入日文、韩文等东方文字市场，进而进军欧美西文市场。这是方正人心中的梦想。

方正在内地以外的业务最早起步于香港，王选让张旋龙扮演了领军人物。

张旋龙说："决策是王选作的，执行是我做的。"张旋龙有句名言：

王选会的我都不会，王选不会的我都会。

王选认为这句话虽然听起来像是玩笑话，却正表明了他们俩是互补的。

王选是技术专家，但不擅长管理；张旋龙不懂技术，但是他重视技术，相信专家，他有着非常出众的攻关能力，很容易取得客户的信任。

当然，在王选看来，更重要的是他们之间的共同点使他们一拍即合。这个共同点就是相信中国高科技能进入国际市场的雄心，以及不图眼前蝇头小利的长远眼光，再就是他们俩都追求宽容大度，能够承受各方面的压力。

1989年，《澳门日报》成了方正第一个祖国内地之外的客户。

1993年，方正集团与香港金山合作，成立香港方正有限公司，注册资金8000万元港币。

之后几年间，从《明报》开始，我国台湾地区、澳门特区、香港特区等地的单子基本上都经手香港方正了。原因很简单，从香港来往各地比较方便，省了很多手续上的麻烦。

到1995年，港澳台三地的中文出版，方正已经占据了绝对领先优势。

最初，香港方正只有王萍他们两个日常办事人员，由于国内签证只有半年期限，两个人还需要实行半年轮换制。

刚到香港时，客户问王萍公司的名字，听完后却偷偷发笑。后来别人告诉她"北大方正"在粤语里念"不大方正"。

港澳台地区报业特点与发展速度都跟内地不同，对产品有着不同需求，王萍需要不停地理解这些要求并及时传回内地。

此外，香港方正还要给客户扮演培训师角色。但王萍说"一点也没有觉得累"，"产品太好了，做起来充满自豪感"。

有了香港基地，加上张旋龙这样一个王选心目中"最优秀的商人"，方正开始凭借技术上非常成熟的产品攻城略地，所向披靡。

到 2002 年，新加坡报业控股公司全盘放弃旧有的香港启旋电脑公司和美国"Quark"开发的中文排版系统，采用方正飞腾系统。

至此，东南亚中文媒体市场基本成为方正的天下。

从 1995 年刚满 40 岁时正式接受方正集团委托的开拓海外业务任务开始算起，直到现在担任方正控股总裁，张旋龙一直没能歇下脚来。

接任海外业务之前，常年在外奔波的张旋龙跟爱人发誓"40 岁就退休"。但当时王选一句话就把他的念头全部打消了，王选说："方正要走出去，你挑这个担子最合适。"

1994 年，方正排版系统开始在我国台湾地区畅通无阻。那段时间，由于要见很多客户，张旋龙每个月都要往台湾地区飞十几次，早出晚归。每次，他都要提着一个塞满各种香港报纸、杂志的大箱子，次数多了，空姐都认识他，说他是"贩报纸的"。

张旋龙并没有想过把方正品牌卖到国外，他认为能在国内呼风唤雨已经是"了不起"的事情。港澳台业务进展非常顺利，张旋龙开始考虑退休的事情。

但在一次方正董事局会议上，王选忽然发问："我们已经把国内市场基本占领了，下一个业务增长点在哪里？现在国际上做中文排版的公司很多，将来有一天可能会对我们造成威胁，怎么办？”

王选认为方正应该去马来西亚开拓业务，一是因为国外客户可以提出更多更新的需求，利于产品升级换代；二是如果占领了马来西亚等海外中文出版市场，则可将潜在的竞争对手阻挡于国门之外。

董事局讨论的结果让张旋龙始料未及：董事局决定让张旋龙挑起这个担子。

王选在海外业务上的决策，不仅击碎了方正当时所面临的业务瓶颈，而且也将自有品牌推向世界。

王选的长远目光，对方正海外拓展起了重要作用。在把海外业务重担放在张旋龙肩上时，王选说，“赚不赚钱无所谓”。

张旋龙悄悄收拾起退休之心。后来王选说，当初港澳台的业务所以开展得好，“找人找对了”，“旋龙做这件事情最合适”。

但在 1995 年，张旋龙说：“国际市场这么大，我已经跑不动了，必须要再找几个‘猛将’。”

1995 年，王选去日本考察，发现日本的印刷业十分发达，但印前技术并不先进。王选自信完全可以依靠自主技术研制日文出版系统进入日本。于是，王选决定进军日本市场。

这是方正走国际化道路的重要决策。

1996年4月，日本方正在东京成立。总裁管祥红1989年从北大无线电系毕业后去日本工作多年，王选认为他对日本印刷业十分熟悉，有很强的技术背景，又有雄心壮志，能判断日本市场需求，并提出相应的技术方向。

公司招收的员工绝大多数是日本人，实现了地地道道的"本土化"。

日本方正主要负责市场开拓和产品销售，日文出版系统的软件开发则是在国内的方正技术研究院进行的。王选物色了两个年轻人主持这一重要项目：此时的文字信息处理研究室主任汤帜，32岁，副教授；副主任李平立，28岁，博士。

这两个年轻人不负众望，主持研制成功"采用面向对象技术"的"飞腾"日文排版软件，其特点是创造性地提出并实现了软插件体系，使系统很容易扩展和升级。

正是这一特点，使日本市场所需要的各种功能能够用软插件这一扩展技术方便地实现了。

在王选的策划和组织下，1997年，一个运用了独特的软插件技术、高集成度、扩展性强的新型日文出版系统面世，并被日本第二大杂志社以400万美元的价格购买。这一系统与以前使用的美国系统相比，生产效率提高了近10倍，每年节约费用支出约10亿日元，被认为是日本同类系统中最先进的。

《北京日报》称：

这是中国企业第一次较大规模地出口和销售拥有自主知识产权和自有产品品牌的高科技应用软件。

此后，报纸组版系统也被日本 20 余家报社采用。

由于方正的产品受到日本用户的欢迎，日本方正公司的规模也在不断地扩大，员工达到 300 人，有 100 多位研发人员在专门从事适合日本市场的软件研制。

2001 年，日本的著名财团软库和三菱商事分别向日本方正投资 1000 万美元和 300 万美元，公司市值高达 55 亿日元，是最初方正集团投资的好几十倍。

其后，王选又率领北大方正研制出韩文和西文出版系统，成功打入韩国及欧美市场，实现了民族软件产业走向国际化的目标。

汪岳林说：

面对要求严格甚至近于苛刻的日本用户，方正不仅保质保量地开发出系列软件系统，而且比约定时间提前了 3 天，这在业界是极为罕见的。该杂志应用方正开发出的系统完成千余页内容的排版仅用了几小时，使其生产效率提高了几倍，而且还保证整体内容错误率为零。

此举开创了中国企业大规模出口拥有自主知识产权和自有品牌应用软件产品的先河。

2003 年，日本方正完成了包括日本日刊体育印刷社在内的几个大型报业出版系统的开发和实施，尤其是日刊体育印刷社，首次实现 150 种报纸同时上线印刷，在日本报业出版界引起轰动。

如今，马来西亚、泰国几家最大的中文报纸都使用了方正彩色激光照排系统，北美地区几乎每一家中文报纸都用上了方正激光照排系统。

至此，方正软件的出口已延伸到许多国家。

方正的梦想就是要让全世界都能享受到方正在印刷出版领域积累的多年的核心技术和产品，让自主知识产权的中国软件走向世界，让自己的开发成果在世界各地生根发芽。

这些梦想，是方正开展国际业务的核心动力。

胡冶刚说：

> 从最早的激光照排系统发展到以方正 RIP 软件为主要代表的一系列成熟的软件产品，方正软件的海外业务范围从亚太地区发展到欧美区域，实现了一个又一个的梦想。

先进稳定的产品和技术，强大的研发力量和卓越的性价比，使方正软件的出口产品表现出了较强的竞争力。

在进军国际市场的过程中，方正的研发水平不断增强，自主软件的开发不仅具有与国际接轨的能力，同时也极大地增强了自身的技术竞争力。

2004 年 6 月底，方正软件海外装机量达到 3000 台套，产品覆盖亚太和欧美的 30 多个国家和地区，方正软件市场占有率逐年提高。在本年度号称印刷业"奥林匹克"的德鲁巴展会中，方正印艺软件与技术实力更是赢得了国外同行的赞誉。

方正软件全球化战略出师顺利，国际市场拓展迅速，方正软件占有量已经超过美国新增市场的 10%。

目前，方正已建立了比较完善的全球分销渠道，在美洲、欧洲以及亚太地区设立办事处，组建了强大的销售和技术支持队伍。这支队伍的大部分员工来自于当地，主要从事销售各类印前软件产品、流程产品以及 OEM 合作等业务。

全球分销合作伙伴也从两年前的十家向百家发展，国际市场代理商力量正在将方正的技术力量向全球延展，争取在 3 至 5 年后，方正软件在国际市场的销量将超过当前在中国市场的销量。

方正的软件国际化道路卖的是核心技术，与那些软件外包的企业是不同的。方正软件全球化战略实施采取一种渐进式战略。方正是先以最具产品化特征、最有可能首先被接受的 RIP（图像栅格化处理）软件为先导，简列方正软件在国际上的品牌，然后再把其他产品推向国际市场的。

英特尔公司的"IntelInside"策略让英特尔公司一举成为全球芯片和电脑微处理器市场的绝对领导者，并由此创造了一个商业神话。现在，方正以它最具优势和特色的软件产品向全球市场发起冲击，方正集团的"FounderInside"也能为中国的 IT 产业在世界上创造新的神话。

方正集团的国际化，探索出了一条中国软件产业国际化的发展之路，证明了一家拥有核心技术的中国本土软件企业的强大生命力。

四、 再攀高峰

- 王选主张跨过报纸传真机，直接开发用页面描述语言传送报纸版面的创新技术。

- 肖建国很快组织了鲁志武、王会民几个青年骨干，开始了挂网、校色等关键技术的开发工作。

- 在王选的带领下，方正人在激光照排系统产品推广过程中，从市场上发现了新的需求，并形成了技术上的有针对性的开发。

开发页面描述语言

应用激光照排系统后，报社的出版效益和报纸印制质量大大提高，但仍然不能异地同步出版。1989 年全国只有三四家中央级大报在外地设有代印点印刷，传版手段主要有两种，一靠航空，二靠传真。

全国性报纸主要靠飞机送纸型，外地的读者很难看到当天的报纸。为了增强时效性，有的报社不惜花重金进口国外的报纸传真机传版，但存在失真的现象，而且速度极慢。

如何才能使外地读者看上当天的印刷质量极高的报纸呢？王选想到了北大自行研究制定的页面描述语言。

20 世纪 80 年代末，王选主张跨过报纸传真机，直接开发用页面描述语言传送报纸版面的创新技术。就这样，他们开发出一种新的传版方式。利用这种方式传送的不是版面，而是页面语言，它把版面上的文字、图形、图片、照片等各种信息通过数学的方法转化为数据，这使得其信息量只有用传真机传送图像信息量的几十分之一，远程速度也就大大加快了。

在传送到代印点后，那里的报社大多采用的也是方正系统，使系统统一在一个模式下，所以很容易解释页面的信息。在这种情况下，所恢复的版面和原版一模一样，毫不失真地输出制版，使用这种方式，远程传送的代价也大大降低了。

1990 年年初，《羊城晚报》在全国有 6 个分印点，每天通过民航班机托运纸型到各分印点后再印刷，时效较差。

1992 年年底，王选主持的远程传版技术，使《人民日报》通过卫星向全国 22 个城市传送版面取得成功。

第二年，《羊城晚报》的各地分印点也依靠北大远程传版系统，在人民日报社的帮助下，实现了全国 6 个分印点的卫星传版，这在此时是个了不起的进步。

随着《羊城晚报》的发行扩大，他们凭借这一技术系统，将外地分印点扩展至 10 个。远程传版技术后来又不断发展至实时卫星传版。

后来，《羊城晚报》的印务中心及各地分印点，都采用了先进的宽带光纤网络技术和北大博恒版面管理系统。

研制彩色激光照排系统

就在国内报社大量采用激光照排技术排印黑白报纸的时候，王选又提出研制彩色激光照排系统。

最初有些同志认为国内没有几家报社会用彩色系统，而且研发投入很大。但王选坚持自己的看法，认为过去我国一直在仿制国外的电子分色机，仿制出来的技术仍然落后，会被更先进的彩色激光照排系统取代。我们要用新的思路将研制目标定得比国外现有水平高，这样做出来时才可能比人家好一点或差不多，因为人家也在前进。

然而，多年来形成的超前意识使王选相信自己的判断，他又要进行一次跨越了。这一次，他要充分发挥年轻人的创造力。

1989年6月的一天，在北大旧图书馆前的树荫下，王选对学生肖建国说："你的大屏幕组版软件搞得差不多了，应该转转方向，搞图像技术，特别是彩色图像。我的想法是不去仿制电子分色机，直接研究文图合一的彩色出版系统。虽然现在还没有成熟的设备条件，但我们要早下手，先解决技术问题。"

肖建国犹豫地说："报纸排版的文字处理技术和彩色图像处理技术之间毫无相似之处，我没有经验。"

王选鼓励说："没有经验可以学习，当初我们搞激光照排，又有谁有经验？你尽管大胆去做，我给你们当后盾。"

肖建国想起了世界上第一个大屏幕中文组版软件从自己手中诞生时的感觉，激动、兴奋都不足以形容，实际上那是一种创造历史的自豪感。

现在，导师把又一个创造历史的机会摆在了他面前，肖建国的创造欲望再次被激活。他很快组织了鲁志武、王会民几个青年骨干，开始了挂网、校色等关键技术的开发工作。

中国彩色出版市场此时是被国外四大电子分色机制造商的产品所垄断的，他们以精美的彩色印制效果而赢得了用户的信赖。

但是进入20世纪90年代后，这类产品已经受到飞速发展的桌面彩色出版系统的严重冲击，销量急剧下降。

1991年12月2日，在西安召开的全国印刷工业科技信息网站长联席会议上，王选就谈到了上述趋势。

他认为："桌面彩色出版系统取代电分机是不可阻挡的潮流，因为前者的发展势头实在太猛，其功能、优越性和发展前途是后者望尘莫及的。"

这时，王选对桌面彩色出版系统能达到电分机的彩色印刷质量是充满信心的，尽管1991年时北大方正彩色出版系统尚处在研制阶段。

与此同时，王选一直关注着国际上最新计算机设备的发展动向，期待着合适的扫描仪和照排机的出现。

于是，王选安排肖建国等技术骨干，开发超前的彩色激光照排系统。

从黑白照排到彩色照排，是一种极不容易的跨越，里面涉及的核心技术可以说与文字排版毫无关系。此时大家连一台彩色的扫描仪都没有，彩色照排系统的研发难度可想而知。

这时，彩报很少，只有《中国花卉报》等极少数几家在出彩报，其他都是黑白报纸。香港的彩报比较多，但技术都比较老化，而且还都是采用传统的方法，照片是贴上去的，效果不佳，印刷程序也很烦琐。

1991 年 8 月，当王选向别人介绍彩色出版系统时，大家反应很冷淡，因为中国没有出彩报的习惯，只有少数几家大印刷厂会买彩色系统，而他们都已经有了电分机设备。

王选不畏面临的困难，也不在乎旁人的反对，坚决支持并鼓励研发人员继续进行彩色照排系统的研制工作。经过一段时间的努力，方正彩色出版系统终于研制成功了，由此引发了国内报纸的彩色化革命。

1992 年 1 月，《澳门日报》首先使用这一系统，每天排 4 至 6 个彩色版。北大方正的彩色出版系统不但使内地的报纸由黑白变得五彩缤纷，而且迅速在海外华文报业推广开来。这是在王选的倡导下方正人自主创新发展史上的一次新的飞跃。

如果当时没有王选的超前意识与跨越性思维，没有他坚定的决策，方正彩色激光照排系统的发明创造是不可能实现的。

　　如果此时方正在这一领域不能超前，那么这一市场很快就会被国外的厂商所占领，中国人在这个市场上的损失将会很大，各报社将付出高额的代价去购买国外厂商的彩色系统。

　　方正彩色激光照排系统在为企业赢得经济效益、为中国节约了巨额外汇的同时，也产生了巨大的社会效益，为中华民族增了光。

实现编辑网络化

激光照排系统推入市场，走进出版社、报社以后，首先使排版车间起了很大的变化，铅字被淘汰了。

在报社采用了计算机以后，报社的领导又提出："计算机除了干排版，还能干其他事情吗？你们是不是帮我们琢磨琢磨？"

报社领导言辞恳切的询问，引起方正人的高度重视。

于是，双方开始努力沟通，研究如何把计算机用到编辑部的事务，并很快有了进展。比如，记者写稿子，在计算机上发送就可以了；编辑改稿子，也是用计算机了；总编最后签字审定，也在计算机上进行。这样，报社的采编流程缩短了很多。

许多报社当时的排版都由编辑去做，而不是在印刷厂进行。但王选的创新就使得编辑部的整个流程都实现了计算机化。

正如方正激光照排系统一样，方正采编系统的市场占有率逐渐也达到了90%以上。到当时为止，中国报业的信息化水平在国内所有行业里是最高的，这是方正采编系统所带来的技术进步。而推进这一技术研发和应用的，正是王选。

在王选的带领下，方正人在激光照排系统产品推广过程中，从市场上发现了新的需求，并形成了技术上的有针对性的开发。

《羊城晚报》在印刷厂全面采用激光照排技术，实行计算机化后，接着要解决的是记者和编辑部门采编流程的管理问题，进一步发展新闻综合业务系统，使记者和编辑们都告别纸与笔。

为了用科技的手段从根本上解决问题，他们再次去北京向王选请教。这时，北大方正刚好有一个新开发的软件。《羊城晚报》总经理林志东提出了改造的方案，增加了许多新的想法，在系统的工作流程和权限管理上提出了他们的要求，形成了他们自己的特点。

新闻业务综合网的建成和投产使用，不仅使采编手段现代化，而且提高了报纸的出版速度。经过几年的开发和建设，《羊城晚报》的这一技术系统日臻完善，并在1998年被新闻出版署评为科技进步一等奖。

当他们准备启用新闻采编系统时，王选颇有远见地对林志东说："你们必须抓紧时机同时建立电脑资料检索系统，报纸资料库的电子化越早做，同步存储，将来不用再去扫描，益处更大。"

在王选的鼓励和支持下，《羊城晚报》的电子文档资料库与新闻采编系统同步建设，这在全国报业中是最早建立的一个。

在《王选文集》中还提到：

新的采编流程管理系统是在 MSWindows 下开发的，功能增加很多，配有很强的编辑器的文稿自动校对系统。在小型机或高档工作站支持下，以这一新系统和大型资料检索系统为主体组成了先进的新闻综合业务网络，将于 1994 年内首先在《羊城晚报》、然后在香港《明报》等一批报社投入使用。

1995 年更加先进的、采用客户机/服务器体系结构的新系统在《羊城晚报》和《光明日报》的密切合作下投入使用。编辑部的全部流程都纳入电脑管理，而报社编辑、记者熟悉和使用电脑，将信息获得充分利用，从而把报业的技术革命推上一个新阶段。

20 世纪 80 年代，《羊城晚报》率先开辟了"分类广告"业务，使原来只能刊登一两则广告的版面，容纳下几十条甚至上百条小广告。广告专版"金页"，在客户中引起强烈反响。

进军广播电视行业

进军广播电视行业，是王选的又一个梦想。

从20世纪90年代初开始，王选针对广播电视行业向数字化发展的世界发展趋势作出决策：运用在文字、图形、图像处理领域积累的独有技术和经验，启动数字媒体技术的研发，开拓媒体应用新领域。

他率领科研集体先后研制出多媒体制作软件和动画制作软件，以及基于硬盘视频服务器的数字播控系统、互联网视音频制作、新闻业务管理、非线性编辑、虚拟布景等技术和产品，在中央电视台、香港亚洲电视台等广电领域投入使用。

在20世纪80年代前，电视节目采用传统录像机与手工操作方式播出，谓之第一代播控技术。此技术操作烦琐、复杂，安全性差，劳动强度大。

20世纪90年代初，第二代技术逐渐采用计算机控制录像机等传统设备来进行播出，此环节虽减轻了劳动强度，但是系统稳定性和安全性问题依然突出。

20世纪90年代中期，随着计算机技术进一步发展，视频服务器应运而生，在这种技术背景下，方正人开始了数字播控技术研究。

王选提出向广电进军的决策，但进军广电行业的具

体工作主要是由王选的学生们负责完成的。

1997年，方正集团成功地为香港亚洲电视建立了广告插播系统，但国内的市场却迟迟未见反应。

"广播电视是党和国家的宣传大计，必须要做到万无一失，当时计算机技术的稳定性跟现在比还是有差距的，所以国内市场没有启动。就像那时的人买电视机多是要到王府井这样的百货大楼，而且要开机验一下，确保没有问题再购买一样，而现在大部分人到国美、苏宁去买就不用验机了，因为现在的电视质量很少出问题。"王选的学生郭宗明后来说道。

此时，所有人都认为数字化是必然方向，但对新生技术稳定性的担心使他们仍在观望。在王选的带领下，方正人不急不躁，一直在不断完善技术，等待着时机的成熟。

终于，1999年底，湖南经视率先引进基于MPEG2的数字播控系统，此后方正系统步步为营，逐渐入驻全国各地电视台，96家电视台、305个频道，省级及以上电视台占有率超过70%的骄人战绩，令国内外众多知名同类厂商无法望其项背。

北京大学计算机科学技术研究所研究员、方正集团数字媒体事业部技术总监郭宗明，作为该项目负责人，见证了整个项目的多次飞跃。

从数字播控或者数字音视频控制技术来讲，北大方正仍然是直接走的第三代技术路线，这跟王选当初做激光照排有类似之处，因为王选也是直接跳过了模拟控制，直接做激光照排。

郭宗明说，是恩师王选高瞻远瞩为他们指明了研究方向，在这项代表世界先进水平的研究背后有方正人持续创新的精神，更有广大群众对于电视节目数量、质量不断提升的要求。

经过 11 年的努力，他们项目组共申请了 20 多项发明专利，其中已经有 14 项专利通过了国家专利局的实质性审查。

郭宗明对其中每项技术突破创新点都如数家珍：

把 GPS 时钟、电视信号场逆程内的时钟信息等外部时钟和计算机高精度的时钟相结合，实现了一个全新的时钟模型。这样既保证了时间的稳定和精确，又实现了时钟自动校准、指令任务预测等一系列辅助功能，形成了一个完整的时钟体系，使数字播控系统真正实现了零帧精确控制。

提出了视频服务器操作性能评价方法，创建了一套视频设备控制协议，对通用的 VDCP 做出了重要改进，既保持向下兼容 VDCP，又克服了 VDCP 协议不能有效保障执行时间的缺陷，彻底解决了视频服务器的兼容性问题，确保了播出的精确性和稳定性。

提出了一个软件错误自动诊断追踪体系和一套容错方案，通过全局错误信息汇报、智能事故现场信息记录、系统自检和纠错处理等手段，保证了系统的高可靠性和实时容错、纠错能力。

提出了节目单协同编辑方法，做到了统一规划电视播出节目单的编辑处理流程，实现了分布式协同编辑，大幅提高节目单编辑的效率和自动化程度。

通过智能监控在线播出任务，预测在线任务的修改变化，实现了对任务的实时修改和控制，在面对突发的变化时反应更加及时有效，同时显著地提高了系统的应急处理能力，从而彻底提高了安全性。

提出设备链路的智能分析方法，对视频信号、播出软件和整个播控系统中的各个设备运行状态进行实时监控，在系统发生异常时快速分析、通报故障内容和故障点，并在智能分析的基础上自动进行故障应急处理……

郭宗明最后总结了方正数字音视频播控系统的精髓是"稳定、精确、安全"。

从 1996 年至 2006 年底，该项目的直接经济效益累计达到 1.6 亿元，为国家贡献利税 2500 多万元，每年为用户带来的经济效益大约 1 亿多元；既保障了国家广电和宣传事业的稳步发展，又丰富了广大人民群众的娱乐生活，并依靠自主创新的核心技术、有效的服务保障等综合优势把国外数字播控系统挡在国门以外，为国家节省经费 2 亿多元。北大方正的数字播控系统真正实现了经济效益与社会效益的兼顾。

郭宗明掷地有声地补充说：

把国外同类系统完全挡在国门以外，这不是价格保护，完全是技术因素。以王选老师为榜样，选择了做科学这条路，吃再多的苦也要一直走下去。

任何一项新技术的推广与应用都不是一帆风顺的，明知是大势所趋，郭宗明与同事们还是遇到了很多的困难。

这一系统跟传统的相比，最大的特点应该是稳定。很多电视台向郭宗明他们反映：用了方正的系统后，坐在整洁的机房里值班，什么故障也没有，又不需要做什么操作，值班人员常常显得很"无聊"，与以往紧张、忙碌的状态成鲜明对比。

正是方正人 11 年来的不懈努力与辛劳，才换回了电视台工作人员的惬意、轻松，给电视台带来了高效率。

"我们的工作人员大都有胃病。"郭宗明轻描淡写地说道，"在每家电视台上新系统的时候，需要一段时间的测试运行，但是原有系统也不能停下来，只有每天在电视台正式节目停播后，我们才能去调试新系统，而这时都是夜里两点三点到早晨四五点钟的时间段，这是人最困最乏的时候。饿了只能吃方便面、饼干……"熬夜是他们的"家常便饭"。这个"传统"从郭宗明跟着王选导师做出版系统研究时就继承了，"我们以前做照排机的时候，也是熬夜，人家下夜班了你去调，调完以后现场还得恢复过来"。

事业上的困难，生活中的辛苦，从未让郭宗明和他的团队有过退缩的想法，"既然认定了这个方向，会一直往下走。虽然会有很多苦闷，但我们的成果能够直接看得见，这是相当鼓舞人的"。

郭宗明也没忘记家庭的支持。"我现在回家吃饭都要先和家里预订，如果我没预订，就没我的饭，"郭宗明微笑着说，"因为我一周在家最多吃一两次饭。"谈起现为首都师范大学教授、博导的妻子，他的脸上浮现出一丝愧疚，深知妻子为自己的事业做出了很多的牺牲。

"以王选老师为榜样，选择了做科学这条路，吃再多的苦也要一直走下去"。"北大方正集团营造了崇尚科学，鼓励创新的氛围，注重培养一线创新人才"。郭宗明这样说。

郭宗明1983年考入北京大学数学系，硕士、博士皆师从王选大师。本科时代，王选的主题演讲"中华之光"就曾给郭宗明留下了深深的烙印；读研究生后，导师的教诲更是奠定了他一生的研究工作思路。

"研究的成果就是要投入应用的，所以我们项目的名称就叫音视频控制技术研究及应用，"郭宗明自始至终都在强调研以致用的重要性，"王选老师说过，做应用研究的不但要有技术上的突破，还要有前瞻性，那就是持续地推广应用。按照王老师的风格，还应好好地推广应用。"

将科研成果转换成经济效益与社会效益，促进发展才是科研目的之所在，而这也正是方正集团获得国家科技奖的主旨之一。

"在产学研结合方面，北京大学绝对是经典。"郭宗明自豪地说。

自 1987 年读研究生时，郭宗明就开始跟着导师王选做出版印刷方面的工作，数字播控项目的负责人员只有十几个，但实际上前后参与的有六七十人，因为身为博导的郭宗明身边有不少学生，方正与北大的结合为年轻人提供了足够宽阔的舞台。

郭宗明说，王选老师曾说过："衡量我贡献大小的一个重要指标，就是发现了多少年轻才俊。"如果说自主创新与持续创新是方正跳跃的灵魂、发展的源泉，那么，优质高效的产学研结合则为方正的发展提供了源源不断的动力支撑。

营造鼓励创新的环境，努力造就世界一流的科学家和科技领军人物，注重培养一线的创新人才，始终是方正领导人的战略思想，并引领着方正向着敢于创新、甘于奉献、永攀高峰、成就卓越的目标前行！

再攀高峰

大力培养下一代人才

1993 年春节前夕，王选像往年一样，闭门搞设计。他的一位硕士研究生过完年回来，王选把设计给他看。

"王老师，你设计的这些都没有用。"学生刘志红 25 岁，看过后对导师说，"IBM 的 PC 机主线上有一条线，你可以检测这个信号。"

王选愣住了，因为他明白，自己苦苦钻研了两个星期的设计，被学生一句话否定了。

这是王选一生中极其重要的一件事。

"本来，我以为自己做一线的工作可以做到 60 岁……可是今天我看到，在我自己最熟悉的领域，我已经不如年轻人了。在我不那么熟悉的领域，岂不是更差！"

王选再一次作出自己人生中的重大抉择。让年轻人来干！今后可由自己多出思想，并扶植年轻人去干出成绩，而且，应该创造一种能让年轻人出新思想新方案的氛围，努力使年轻人有主人的感觉，才有利于他们积极地思考。

就在这一年，王选把 3 位不同年龄段的年轻人同时推上研究室主任的位子，他为这一抉择开始迈出大步。

36 岁的肖建国任彩色系统研究室主任。肖建国 30 岁时毕业于北大计算机系研究生班，1988 年，他先后主持完成了世界上第一个大屏幕中文报纸组版系统及彩色排版系统，在世界上首次实现彩色照排与中文合一的编排和输出，在海内外产生重大影响，随后引发了中文报业的一场彩色革命。

1994年，他又主持完成了彩色调频挂网算法并实现高保真彩色印刷，从而实现了彩色技术的又一重大突破。

28岁的汤帜任文字处理研究室主任。他在当硕士生期间，做了图形裁剪软件，难度很大。王选后来问他："你是怎么想出来的？"

汤帜回答说："想不出来再想，一直想到明白为止。"

王选当场就判定他将来会有出息。因为他对技术的痴迷程度超过常人。

还有一件事，当时的软件测试组组长曾说，汤帜编的程序错误极少。这是成为大软件设计师的基本素质。

汤帜领导的团队里，能人很多，有世界奥数比赛第一块金牌的获得者，汤帜对他们很尊重。汤帜具备三个特征：痴迷技术、思维严谨、团结能力。

28岁的阳振坤任栅格图像研究室主任。他24岁时成为王选的博士生，王选把研制新一代栅格图像处理器的博士论文题目交给了他。这使阳振坤很惊讶。

前五代栅格图像处理器都是王选亲自主持研制的，作为照排系统的核心，它们就是我国照排系统取得辉煌成功的关键。现在，阳振坤是个刚刚进门的博士生，王选为他选择的课题就是要他超越自己，这可能吗？

后来阳振坤成功了。1994 年，阳振坤的大脑里突然萌生奇想：彻底抛弃栅格图像处理器里的硬件，完全由软件来支撑，这又是一个非常大胆的奇想，它意味着对王选"欧洲专利"的彻底超越。

1995 年 6 月，一个叫邹维的年轻人来投奔王选。他曾经获国家科技进步二等奖。由于研究成果无法转化为社会化的产品，他从中国科学院辞职去了外企，从事美国产品的汉化工作。不久，他感到这样的工作虽然工资很高，但心里太难受。王选收下了邹维。9 月，王选交给他一个选题：用计算机制作动画。历时一年半，卡通动画制作系统终于开发成功，取名"点睛"。整体性能一举超过了美国同类软件。

中央电视台、上海东方电视台、北京电影学院等影视部门率先使用这套系统，并开始为西班牙的动画片制作所用。这是邹维第一次看到自己主持的科研直接变成了社会产品，中间根本没有"转化"一说。

作为教授，王选 1991 年已是中国科学院院士，1993 年成为第三世界科学院院士，1994 年成为中国工程院院士。他说："我忽然成为计算机界的权威。一年戴一顶院士桂冠，一下子成了三院士。这时我 57 岁了。可惜，在我年轻最需要的时候，没有得到承认。在高新技术领域，年轻人有明显的优势，55 岁以上的专家绝对是创造的高峰期已经过去，哪里有 57 岁的权威呢？"

王选常用 3 个著名人物的例子来说明人过中年步入

老年时往往会跟不上形势而固执已见，发生技术决策或市场策略方面的重大失误，并导致严重损失。

一个例子是华裔电脑巨头王安，这位一生获40多项发明专利，被美国著名发明家纪念馆列为与爱迪生、贝尔等人齐名的第六十九位大发明家，在年过花甲时还是犯了错误。除了人事方面的失策外，王安公司在技术方面未能跟上个人计算机普及开放性和兼容的大潮流，犯了一系列错误，最后导致王安公司申请破产。

另一个例子是被誉为"巨型计算机之父"的巨型计算机专家克雷，他1972年创建了克雷研究公司，后离开该公司组建了克雷计算机公司。前者不断适应变化的形势一直保持兴旺，而后者却因技术决策失误而陷入困境。克雷犯错误的年龄也是年近花甲。

世界第二大计算机公司DEC的前任总裁奥尔森，计算机产业界曾把他称为"技术与市场相结合的完美典范"。但是当他65岁时，由于未能掌握市场变化而黯然下台。奥尔森开始犯错误的年龄也是六十刚出头。

当今计算机产业界的风云人物是美国微软公司的董事长盖茨，他拥有的个人财产排名世界第一。他个人没有什么嗜好，精力十分充沛。在他的领导下，微软公司成为世界上最大的软件公司。盖茨评论过奥尔森的失误并说，他本人绝不会像奥尔森贪婪到60多岁这样的年龄才离开总裁职位。

对此，王选说：

我们应该重点支持尚未成名的有才华的有潜力的小人物。我在年轻的时候由于文献看得多在第一线上实践多，所以在某领域内的研究工作处在国内的前列，但当时我是无名小卒，常常会受到一些表面上比我更有权威，但对实际技术细节了解甚少的人的干扰。

幸运的是我常常能说服别人，有时也不得采取阳奉阴违的办法来躲过这种干扰。今天我似乎成了计算机某个领域的所谓"权威"，然而在计算机领域哪有 60 多岁的权威。我看的技术资料和文献不如年轻人多，第一线的实践和上机更远不如年轻人。

王选培养这些人才，使方正集团不断攀登新的技术高峰，创造更加辉煌的未来。

本书主要参考资料

《北大之精神》 赵为民主编 世界图书出版公司

《北京大学年鉴》 赵存生主编 北京大学出版社

《北大百年：1898—2008》 李志伟著 作家出版社

《风范长存：怀念王选院士》 本书编委会编 北京大
　　学出版社

《王选文集》 本书编委会编 北京大学出版社

《王选》 丛中笑著 贵州人民出版社

《王选的世界》 丛中笑著 上海科学技术出版社

《知识分子的榜样——王选》 中共中央统战部主编
　　学苑出版社

《中华之光——王选传》 郭洪波 刘堂江著 广西科学
　　技术出版社